DU MÊME AUTEUR

Romans et nouvelles
Villa Mathias, Albin Michel, Paris, 1979.
Abruxellation, Luc Pire, Bruxelles, 2001.
Judas, Labor, Bruxelles, 2005.
Portrait d'Ari la nuit, Estuaire, Talais, 2006.
Nuits de noces, Racine, Bruxelles, 2007.
Compte à rebours, Onlit, Bruxelles, 2015.
Judas côté jardin, Onlit, Bruxelles, 2020.

Rue de la Source, 7
(B)1435 Hévillers
www.kerditions.eu / kerditions@kerditions.eu

Directeur de collection : Vincent Engel
Illustration de couverture : Eva Myzeqari
Photo de l'auteur : © Charlotte Dekoker

ISBN : 978-2-87586-447-5
Dépôt légal : D/2023/12.437/145

La publication de cet ouvrage a été encouragée par une subvention accordée par la Fédération Wallonie-Bruxelles.

Cet ouvrage a été achevé d'imprimer par Pulsio.net en août 2023.

Juan d'Oultremont

Belgiques

ker éditions

L'âge du fer

L'utopie : un genou à terre titre ce jour-là le quotidien *Le Soir*, alors qu'en première page de l'hebdomadaire satirique *Pan*, un dessin d'Alidor représentant un amas de tôles enchevêtrées se retrouve barré d'un cinglant *ENFIN !*

Qu'on puisse se réjouir de la fin des utopies est une position paradoxale. Comme en témoigne le dernier 45 tours de Johnny Hallyday – *Pour moi la vie va commencer* –, cette décennie n'est-elle pas promise aux rêves les plus audacieux ? À moins qu'il s'agisse là d'un exemple de l'autodérision dont on dit les Belges champions du monde toutes catégories.

Quoi qu'il en soit, l'urgence avec laquelle la décision a été mise en œuvre a pris le pays de court. Alors que depuis deux jours, le reste de la planète a les yeux rivés au ciel, suspendu à l'exploit d'un jeune sous-lieutenant soviétique de vingt-six ans dont le vaisseau spatial entame sa quarantième révolution autour de la Terre, les Belges se retrouvent groggy, KO debout, les pieds, le cerveau et le cœur englués dans un nuage chargé de limaille de fer – tous partageant un sentiment curieux où se mêlent l'incrédulité, l'abattement et surtout une soudaine perte de confiance qui contraste avec le ciel azur qui surplombe Bruxelles.

La plupart des historiens et des observateurs de la vie publique belge s'accordent sur l'importance de l'événement : le 19 juin 1963 fait partie de ces points de bascule symboliques qui infléchissent l'histoire des peuples, la fin d'un état d'esprit qui, né de la victoire alliée, a trouvé son plein épanouissement tout au long de l'année 1958.

Bien qu'on ait espéré pouvoir la conserver jusqu'au prochain jubilé royal, les fissures décelées il y a moins d'une semaine dans le tube n° 5 ont eu raison de l'Atomium, le symbole de l'Exposition Universelle. L'insolite et inoubliable totem. La prouesse technologique. Le phare d'une nouvelle démocratie planétaire. L'Atomium, un mot qui aujourd'hui circule sur toutes les lèvres, avec des accents de veillée funèbre, laissant dans la bouche un arrière-goût de ferraille. L'Atomium ! Un bâtiment qu'on savait provisoire, mais qui témoignait d'une telle foi dans le progrès qu'on avait fini par le croire éternel.

La mort récente du pape Jean XXIII, la victoire de l'incroyable Jim Clark dimanche passé au Grand Prix de Francorchamps, les robes en plastique de Paco Rabanne, la sortie des *Bijoux de la Castafiore*, le dernier album de Tintin… À cette heure, rien ne pourrait détourner l'attention des Belges – Flamands et Francophones confondus – de l'amputation dont ils vont être l'objet. Comme pour témoigner de l'importance de l'événement, l'INR a redéployé dans l'urgence les moyens techniques mis en œuvre il y a trois ans pour le mariage du Roi Baudouin. Parmi les images qu'elle diffuse, on imagine celle qui demain fera la Une de la *Libre Belgique* : la photo de l'ingénieur André Waterkeyn incapable de retenir ses larmes devant l'épave échouée de sa création futuriste.

Lorsque, sous l'action des grues, la sphère supérieure se désolidarise de sa structure portante et s'écrase au sol après une chute de plus de cent mètres, c'est le pays entier qui tremble. Et ce n'est pas une image. Peu avant midi, l'observatoire royal d'Uccle a pu enregistrer à quatre reprises les secousses du drame.

À 12h42, en ce 19 juin 1963, l'Atomium n'est plus qu'un amas inerte. 2400 tonnes de gravats desquels les Belges préfèrent à présent détourner le regard avec amertume.

Et pourtant, c'est au moment où un ballet ininterrompu de camions emporte ces débris vers Marcinelle, où le gouvernement a décidé de les enterrer, que l'onde de choc va révéler sa véritable amplitude. Là où les Belges pensent être les seuls à pleurer leur Atomium, c'est une gigantesque vague d'empathie qui afflue soudain vers la Belgique. Le temps pour les télévisions étrangères de diffuser les images de la boule n° 4 résistant aux assauts des pelleteuses et c'est le monde entier qui paraît prendre conscience de l'outrage fait à un espoir commun dont cet atome de fer agrandi 165 milliards de fois était le symbole. Le petit roi Haïlé Sélassié, René Maheu au nom de l'Unesco, le comité Nobel norvégien, Sophia Loren depuis les studios de Cinecittà où elle tourne sous la direction de Vittorio De Sica… de partout, les voix s'élèvent pour témoigner de l'audace esthétique et du potentiel symbolique de ce qui vient de disparaître.

Mais si c'est vers Bruxelles que converge l'émotion, c'est à Rome que le ressac sera le plus saisissant.

Soucieux de rendre hommage à l'espoir en un monde plus humain que les Belges ont si sublimement matérialisé dans l'Atomium, le conclave réuni à la suite du décès de Jean XXIII s'apprête à poser un geste fort. Moins d'une semaine après la démolition forcée qui a bouleversé le monde, les cardinaux de la Curie nomment comme successeur au trône de Pierre le cardinal Léon-Joseph Suenens, primat de Belgique et archevêque de Malines-Bruxelles. Un pape belge qui, dès demain, entamera un pontificat de dix-neuf années sous le nom de Martin VI. La nouvelle soulève dans le pays une émotion considérable. Le très libéral président du PLP Omer Vanaudenhove admet lui-même que c'est pour le royaume l'occasion d'un rayonnement que l'Atomium n'aurait pu lui assurer.

Mais si l'orgueil est sauf, la blessure ne cicatrise par pour autant. Elle aura au moins un effet bénéfique, celui de sauver de la démolition la Maison du Peuple d'Horta qui – beaucoup l'ont oublié – faillit au milieu des années 1960 faire les frais de la pression immobilière. Souscrivant aux recommandations du Congrès international des architectes réuni à Venise en 1964, Bruxelles ne voudra pas perdre en l'espace de si peu de temps, un nouvel emblème de son génie civil.

En ce début 2013, la Maison du Peuple propose une intéressante exposition qui, reprenant le titre de l'époque *L'utopie : un genou à terre*, retrace par l'image les cinq années durant lesquelles l'Atomium irradia Bruxelles, la Belgique et le monde.

Panthéon, Léon…

Je n'ai jamais pensé aux livres que j'emporterais sur une île déserte, sans doute parce que je n'imagine pas y être relégué sans embarquer avec moi tout ce que je possède. Mes 200 collections recensées, ma Ford Mustang de 1966 et le contenu de ma bibliothèque.

Par contre, le contexte et les crispations du monde m'ont souvent poussé à m'imaginer en unique rescapé d'une catastrophe majeure. Dernier survivant postapocalyptique, s'attelant sans l'aide de quiconque et de quoi que ce soit à deux tâches que l'on pourrait qualifier d'encyclopédiques :

A) Dessiner de mémoire la carte du monde, en en précisant chaque jour les contours. Évaluant le positionnement des pays sur la base des seuls souvenirs de voyages et de cours de géographie. Corrigeant les frontières en convoquant les récits de batailles et les grands romans d'aventures.

B) Dresser avant de disparaître la liste la plus complète possible des Belges célèbres.

Comme si, sur la base de ces reliquats du Monde d'Avant, une ère nouvelle pouvait espérer naître. Deux objectifs sans doute désespérés qui auraient au moins l'avantage de tromper ma solitude, monopolisant mon temps et mon énergie dans un contexte où il ne resterait rien qui puisse accompagner mes recherches : ni Internet, ni atlas, ni archives d'aucune sorte… Rien.

Je n'ai pas attendu la catastrophe pour éprouver la faisabilité d'une telle entreprise. Régulièrement, je me surprends à dessiner de mémoire la carte du monde et à chaque tentative, je suis consterné par la complexité de l'exercice. Si le récent conflit ukrainien m'a permis de me faire une idée assez claire des proportions de la Crimée et de l'emplacement des villes de Marioupol et de Kharkiv, les contours du Japon, eux, laissent systématiquement à désirer, tout comme les proportions du Burkina Faso ou cette façon assez érotique qu'a la Géorgie de pénétrer le territoire de l'Azerbaïdjan.

Pour ce qui est de la rédaction d'un panthéon belge, mon hospitalisation m'offre aujourd'hui l'occasion de m'y consacrer. Sans doute l'ultime, à défaut d'être idéale. Comme j'aime les listes et les nomenclatures, l'exercice m'excite assez, d'autant que, vu mon isolement, je me suis promis de m'y atteler en situation de survie, sans recours à autre chose que ma mémoire.

Allez savoir pourquoi, la première personnalité belge qui m'est venue à l'esprit est Sandra Kim, qui gagna le concours Eurovision de la chanson en… Impossible de me rappeler l'année. Avec, dans la foulée, le Professeur de Duve (dont j'ai oublié le prénom), prix Nobel de médecine pour ses recherches sur le fonctionnement cellulaire (?) et par ailleurs père de mon ami Thierry de Duve, historien de l'art et grand spécialiste de Marcel Duchamp.

Voilà qu'après quelques secondes, dans le calme un peu fade de l'étage réservé à l'oncologie, je tiens mes trois premières célébrités.

Les deux suivantes s'imposent à la façon d'un gimmick de rap. D'une part Adolphe Max, bourgmestre de Bruxelles qui couvrit la Senne (?) et dont un boulevard à forte concentration de cinémas pornographiques porte le nom. Et d'autre part, Adolphe Sax, Verviétois (?), inventeur de l'instrument éponyme sans lequel la musique des années 1980 n'aurait pas été ce qu'elle fut. Et du coup, je pense à Maurane, de Verviers elle aussi, qui fut d'abord Claudine Luypaerts, avant de devenir Claude Maurane et qui finit, je veux dire par là qui mourut, Maurane.

Dans la foulée, et sans qu'il n'y ait entre eux aucun rapport, je pense à Ambiorix et à Marc Moulin.

Et déjà se pose la question de la place à laquelle je pourrais prétendre sur le terrain de la notoriété. Tout comme Thierry de Duve, Marc Moulin était un grand ami. Toute mon enfance, ma mère m'a acheté des chaussures belges de la marque Ambiorix. Et j'ai, par ailleurs, écrit des chansons pour Maurane. La Belgique a cette particularité – sans doute liée à l'exiguïté de son territoire – qu'il n'y a pas grand mérite à connaître un bon nombre de gens célèbres.

Je m'arrête un instant, freiné par la question des critères. Je jette un regard furtif au lit d'à côté. Séparé par un simple rideau de nylon que la ventilation fait onduler, mon voisin de chambre, sans doute assommé par la morphine, dort en me tournant le dos. Le tuyau d'oxygène auquel il est relié lui passe par-dessus l'épaule comme la sangle d'un sac à dos. On dirait un campeur endormi. Je n'ai pas eu l'occasion de lui parler de mon projet, qu'il trouverait sans doute absurde, en tout cas présomptueux au vu de mon pronostic vital.

Maintenant que j'ai amorcé la pompe, malgré la fatigue et une gêne persistante au rectum, les noms m'arrivent en flux tendu. Ceux de mes manuels d'histoire : Vercingétorix, Mercator, Vésale, Zénobe Gramme… Ceux des images des chocolats Jacques et des albums Panini : l'abbé Froidure, Django Reinhardt (?), Léopold II, Haroun Tazieff…

Ceux qui ont donné leur nom à des boulevards ou des tunnels comme Auguste Reyers ou Annie Cordy.

Ceux qui sont nés en Belgique sans en avoir la nationalité comme Claude Lévi-Strauss, Audrey Hepburn et Raymond Devos (?). Ou ceux qui pour des raisons fiscales le sont devenus comme Éric-Emmanuel Schmitt.

Pour ce qui est des conditions et de l'évaluation de la célébrité, la réponse est simple. Quand un Belge meurt, s'il est connu, on est certain que Salvatore Adamo sera invité sur le plateau du JT pour évoquer l'amitié qui le liait au disparu et témoigner de l'émotion qui l'étreint. J'aime bien Salvatore Adamo. Je pense que c'est le seul Belge célèbre qui, quand vous le rencontrez pour la première fois, décline son identité, vous serrant la main tout en lâchant de sa voix haut perchée un délicieux « Salvatore ».

J'ai toujours pensé que ça avait une classe folle.

Je ne connais pas ses disponibilités pour les mois qui viennent, mais, malgré les rapports cordiaux que nous avons toujours entretenus, je doute qu'il se déplace le jour de ma disparition. Je ne suis pas assez connu et il me reste trop peu de temps pour espérer le devenir.

Cela fait plus d'un quart d'heure que la tranche de jambon, le yaourt et la pomme posés sur la tablette stratifiée flottent comme en lévitation au-dessus de mon lit. À deux reprises, une infirmière est entrée dans ma chambre et en est ressortie les mains vides, insistant sur l'importance qu'il y a, dans mon cas, à ne pas dormir le ventre creux. Je n'ai pas faim. L'équation est crue dans sa formulation et associe de façon linéaire ce que je mange à ce que je chie. Ou, pour le dire autrement, la tumeur qui m'obstrue le rectum m'a coupé l'appétit depuis un moment.

Où en étais-je?

Dans la foulée d'Adamo et toujours dans le désordre, il y a Ernest Solvay, industriel de la chimie qui fit fortune dans le sel de soude, ami d'Einstein et des époux Curie. Henry Le Bœuf qui donna son nom à la salle de concert du palais des Beaux-Arts de Bruxelles conçu par Victor Horta (qui dessina également les plans de l'hôpital où je me trouve et dans lequel lui-même mourut). La salle Le Bœuf qui, dans les années 90 (?), fut restaurée par Georges Baines, élégant architecte anversois, grand amateur de John Cage et dont deux chaises Rietveld trônent dans mon salon. Polak, Lucien Kroll, le formidable Henri Van de Velde… Des architectes, je pourrais en citer plein, mais la douleur me rappelle à l'ordre.

Parmi les formules toutes faites que l'on sert à ceux qui vous annoncent leur cancer, il y a cette fameuse affirmation selon laquelle la passion serait la meilleure alliée de ceux qui veulent s'en sortir. Je ne sais si l'allégation a quoi que ce soit de scientifique. J'en doute. Le professeur P.Z. aussi. Et cela malgré la mine enjouée qu'il affiche à chacun de ses passages, quels que soient les résultats d'analyses ou les effets délétères du traitement. L'énergie avec laquelle j'ai entamé mon projet tiendrait plutôt de la course contre la montre. Et pourtant, si je ne me fais aucune illusion, j'ai la réelle impression que tant que je trouverai de nouvelles célébrités à faire entrer dans mon catalogue, rien de (vraiment) grave ne pourra m'arriver.

Mes mains ne sont pas assez rapides pour suivre le fil de ma pensée. La liste se rallonge soudain à la vitesse grand V. Les noms se bousculent et s'éclipsent au point que j'en perds beaucoup. Mon travail doit s'organiser, c'est sûr. Le grand écart de nature entre ces renommées m'incite à mettre en place un protocole qui, par un effet de balayage, me permettrait de faire remonter les noms, non plus au hasard, mais sur la base des domaines dans lesquels ils se sont illustrés.

Prenons l'exemple du sport qui, sous son aspect pratique, aurait tendance à m'angoisser, mais à travers lequel, je suis bien forcé de le reconnaître, quantité de Belges se sont distingués. Au-delà d'Eddy Merckx qui gagna son premier Tour de France en juillet 1969, le jour où Neil Armstrong mit le pied sur la Lune, et au côté duquel il faut sans doute ranger Jacky Ickx, une constante s'impose d'emblée: la Belgique, pays de l'autodérision – comme la qualifient les Français qui adorent les Belges et la Belgique! –, a tendance à produire des champions singuliers se distinguant dans des disciplines qui, souvent, font sourire. Le pongiste Jean-Michel Saive, inoxydable, qui, passé la quarantaine, n'avait toujours pas rangé sa raquette. Raymond Ceulemans, qui trusta durant des années les podiums en billard à trois bandes. Joël Robert, le champion du monde de motocross toujours couvert de boue. Et surtout Serge Reding, haltérophile et vice-champion olympique qui, dans le civil, travaillait à la Bibliothèque Royale de Belgique. À son propos, je me souviens d'un numéro de Paris Match qui traîna tout un temps dans l'appartement que ma grand-mère – qui n'était pas célèbre – louait à Knokke-le-Zoute et dans lequel on voyait le champion portant des piles d'encyclopédies à bout de bras dans le but de s'entraîner.

La simple évocation du sport me laisse exsangue… Jamais je n'aurais pu imaginer que la catastrophe se logerait à cet endroit de mon corps. La course que mon sphincter a engagée contre les métastases m'amène assez naturellement à penser à l'athlétisme. Moi qui ai toujours détesté courir, je me souviens de Gaston Roelants – un coureur de fond – et Roger Moens dont j'ai acheté dans une vente de charité le témoin qui lui permit de battre le record du 4 x 800 mètres. Dans le même ordre d'idées, comment ne pas pointer le fait qu'en football, la Belgique semble avoir produit plus d'entraîneurs mémorables que de joueurs ? Avec en tête d'affiche, Raymond Goethals dit Raymond la science, dont la verve a autant frappé les esprits que le talent de coach.

Jean-Yves Jouannais a écrit il y a quelque temps déjà un livre sur l'idiotie. Un ouvrage dont j'imposais la lecture à mes étudiants et dans lequel les personnalités belges sont largement représentées. On y retrouve (toujours de mémoire) Lizène, le plasticien liégeois qui peignait avec sa merde, André Balthazar, le créateur de *Daily-Bul*, René Magritte pour sa période Vache et bien sûr, Noël Godin l'entarteur. Je pense que Jouannais aurait pu y ajouter Raymond Goethals, mais aussi Dirk Frimout, l'astronaute belge au physique de savant fou et une brochette d'hommes politiques comme on en voit rarement ailleurs. Il n'y a qu'en Belgique qu'un ex-sorteur de boîte de nuit peut devenir bourgmestre d'une capitale comme Bruxelles. Michel Demaret – le Dikke Mich – y parvint, rejoignant sur le podium du folklore politique national Théo Lefèvre (PSC) dont les adversaires libéraux firent imprimer un faux billet de mille francs à son effigie, Michel Daerden (PS) qui fut un peu notre Boris Eltsine à nous, et bien évidemment VDB, Paul Vanden Boeynants (PSC), un temps Premier ministre, connu pour sa pipe, sa gouaille et l'enlèvement dont il fut victime.

Je connaissais Patrick Haemers qui l'enleva. Ses parents tenaient une boutique de sport à deux rues de chez moi. Arrêté, Haemers finit par se pendre dans sa cellule de la prison de Forest, à la différence des comtes d'Egmont et d'Horne que Philippe II – fils de Charles Quint – fit décapiter sur la Grand-Place, épisode tragique auquel Beethoven consacra une fameuse ouverture.

Mon voisin vient de produire un râle qui, tout en accompagnant la décollation des deux aristocrates, m'a sorti de la rêverie. À travers la fenêtre à croisillons, je regarde la nuit tomber sur le jardin où sont alignés nos pavillons hospitaliers. Sans autre source que ma mémoire, je suis de façon décousue le cours de ma pensée. J'exhume avec une euphorie qui doit être celle des archéologues. À moins qu'il ne s'agisse seulement de l'effet des analgésiques. Je crois me souvenir que le chanteur Pierre Rapsat était originaire de Verviers, lui aussi. Je n'en suis pas certain.

Mon portable vibre sur la table de nuit. Un message de Philippe Geluck vient de s'y afficher, me demandant des nouvelles de mes poumons. Pas plus qu'aux autres, je n'ai eu le courage de lui révéler la nature exacte de ce qui est en train de m'emporter. Avoir à avouer à ceux que vous estimez, que vous souffrez d'un cancer de l'anus est une chose inimaginable. En tout cas pour moi. Au-dessus du peu de forces qui me restent. Comme aux autres, j'ai préféré lui parler de tuberculose. La tuberculose est une maladie qui suscite une sympathie naturelle dans laquelle pointe souvent de l'admiration. À la différence d'un cancer anal qui est voué à ne produire que pitié et consternation, la tuberculose, la tuberculose pulmonaire s'entend, semble auréolée d'un romantisme qui s'accorde parfaitement à mon projet, tout en me permettant d'accéder à un niveau de singularité supérieur à la moyenne. En effet, mis à part le peintre Christian Dotremont, je ne connais aucun Belge célèbre qui en fut atteint. Beaucoup de Français : Éluard, Delacroix, l'Aiglon, Chloé dans *L'Écume des jours*... Beaucoup d'Anglais : les sœurs Brontë, Katherine Mansfield, D.H. Lawrence, George Orwell... Une chiée d'Allemands parmi lesquels la femme de Thomas Mann. Sans parler des Russes : Stravinsky, Tchekhov, Gorki... Le catcheur bulgare Dan Kolov. L'Autrichien Thomas Bernhard. Satine dans *Moulin Rouge*, Fantine dans *Les Misérables*, Violetta dans *La traviata*. Une foule de tubards que je pourrais placer sans peine sur ma carte du monde. Mais peu ou pas de Belges, mis à part Christian Dotremont.

L'infirmière est venue rechercher le plateau intact en soupirant.

Bien sûr, je pourrais tenter de lister les Belges qui se sont fait anoblir. On peut supposer qu'un tel honneur n'est pas accordé à des inconnus, mais les seuls noms qui me reviennent sont ceux de la baronne Annie Cordy (déjà citée pour le tunnel portant son nom), du baron Lambert, banquier et ami d'Andy Warhol, de Toots Thielemans le joueur d'harmonica et d'Albert Frère, milliardaire ayant commencé dans le négoce du clou. Dans la foulée de Patrick Haemers, je préfère continuer dans le domaine du grand banditisme pour pointer un autre paradoxe. Parmi les Belges les plus connus, plusieurs sont curieusement restés anonymes. Je pense au dépeceur de Mons dont on retrouvait les victimes en pièces détachées dans des sacs-poubelles et les tueurs du Brabant Wallon dont la violence aveugle défraya la chronique dans les années 1980 et cela sans qu'on sût jamais qui ils étaient. Et je ne parle pas du soldat inconnu, anonyme par nature, ni de madame Laurent des publicités Télé-Secours à domicile, ni de Tonton Tapis. Ni de Léon, le spécialiste de la moule.

Je ne me sens pas bien.

De façon assez absurde, j'ai l'impression de ne pas digérer le repas auquel je n'ai pas touché. Une lourdeur entre les fesses me rappelle à la réalité. Je suis pris d'un vertige. Comme si la tumeur qui m'obstrue le fion faisait perdre à mes recherches toute forme de légitimité. Parmi les personnalités belges déjà citées, aucune n'a souffert d'un tel cancer. Ou si c'est le cas, elle ne s'en est pas vantée. Le flux des noms semble se réduire.

C'est idiot.

Il me suffirait d'ouvrir Google pour en trouver de nouveaux.

Comme tout le monde, j'ai offert à Noël un de ces ouvrages consacrés à la Belgique et à ses inventeurs. Je tente de m'en rappeler certains chapitres. Je sais, ou en tout cas je le pense, que la Bakélite est une invention belge tout comme le Baxter (?), mais j'ignore le nom de leur concepteur.

Il y a aussi…

Il y a Nagelmackers qui créa la Compagnie des Wagons-lits.

Et je me demande si le Velcro n'est pas belge.

Les Schtroumpfs, oui, c'est certain. Le Velcro je ne sais pas.

Malgré la peur, je parviens à sourire des conclusions sur le sujet : jamais un Français n'aurait l'idée d'écrire un ouvrage sur les Français célèbres, sans doute parce que la France en compte trop et surtout parce que chaque Français se considère, du seul fait de sa nationalité, comme un peu illustre.

Illustre comme Marvin Gaye qui s'installa à Ostende, où il tua son père ?

L'occasion de relancer ma recherche sur des bases géographiques. Ostende est une station balnéaire créée par le roi Léopold II. Elle a vu naître James Ensor et Léon Spilliaert, le chanteur Arno et le formidable dessinateur de presse Kamagurka (?). J'en arrive à penser qu'à travers la géographie, mes deux projets pourraient fusionner. Distribuer sur une carte du monde que j'aurais dessinée de mémoire les Belges qui s'y sont illustrés. Si je parvenais à y placer l'île de Molokai, je pourrais y planter le nom du Père Damien qui y mourut au milieu des lépreux qu'il soignait. Je placerais le nom de Jean-Claude Van Damme sur les collines d'Hollywood. À Detroit, celui d'Henry Ford qui était (à moitié) belge par sa mère. Sœur Emmanuelle au Caire. Johnny Hallyday (?) et Christine Ockrent à Paris. Francis Alÿs au Mexique – pays dont Charlotte de Belgique, fille du roi Léopold Ier, fut un moment impératrice avant de finir ses jours dans un asile d'aliénés (?).

Et à Bouillon, je… Godefroid de Bouillon.

La fatigue et la peur…

Je transpire beaucoup.

Edith Cavell qui, je pense, était anglaise, comme John Cockerill.

Peut-être perdrais-je moins d'énergie à les recenser sur une base alphabétique. Pour B, il y aurait Marcel Broodthaers – Jacques Brel que je déteste plus que tout au monde – Alain Berenboom, l'avocat du roi – Alain Berliner, le réalisateur de *Ma vie en rose* dans lequel jouait mon amie Laurence Bibot (que nos mères soient mortes la même nuit nous a faits frère et sœur)… Je ne peux pas croire qu'il n'y en ait que cinq à cette lettre.

Laurence Bibot et donc Marka, Angèle et Roméo…

Les écrivains ?

Je suis fatigué.

Simenon qui eut deux mille femmes (à vérifier), Hendrik Conscience chantre du nationalisme flamand. Charles De Coster, auteur de *Till l'espiègle* et le formidable Maurice Maeterlinck, grand observateur des fourmis et des abeilles. Caroline Lamarche et Thomas Gunzig qui chaque été vient écrire à l'ombre de mes oliviers.

Il y en a beaucoup d'autres que la fatigue m'empêche de trouver.

Chaque nouveau domaine est comme un appel d'air auquel malheureusement mon cerveau n'est plus en mesure de répondre. Malgré la distance qui sépare l'anus du cerveau, j'ai soudain l'impression que c'est dans ma boîte crânienne que s'est déplacée la tumeur. J'allais oublier la bande dessinée. Discipline belge par excellence. La ligne claire. L'école de Marcinelle…

Je me redresse dans les oreillers. Poussé par un réflexe animal, je me tourne vers ce que je suis censé connaître le mieux. L'art. Les artistes belges, les peintres, les performeurs, je les connais tous. Personnellement. Walter Swennen, Francis Alÿs, Ann Veronica Janssens et Michel François, Bernard Villers, Jacques Charlier, Charlotte Beaudry à qui l'on doit l'intervention dans le tunnel Annie Cordy… Charlotte Beaudry… Comme malgré moi, au bord des lèvres, ma langue produit un claquement énervé. Charlotte Beaudry… Je suis pris d'une bouffée d'angoisse. Ce n'est pas possible. Sept artistes seulement.

Et encore, là, je ne parle que des vivants.

Sans doute ne devrais-je pas en faire état, mais la mort en général et celle des autres en particulier me touche peu. Si ce n'est celle d'Herman Daled, le grand collectionneur dont l'élégance a toujours été pour moi un modèle. Curieusement, la plupart des collectionneurs que je connaissais sont morts. Anton Herbert, Isy Fiszman…

Elvis Pompilio m'a tricoté un chapeau…

Oui, la mode bien sûr. Où avais-je la tête? Les six d'Anvers… La main posée sur les draps, je les compte sur mes doigts tendus: Walter van Beirendonck avec sa barbe de légionnaire. Dirk machin bazar et Ann je ne sais plus comment.

Je n'en peux plus.

Ceux qui…

Ceux qui se mettent à deux pour faire un Belge célèbre. Karine et Rebecca. Les frères Taloche. Les frères Dardenne. Marion et Stéphane Steeman…

Je n'en peux plus.

Hercule Poirot? Le capitaine Haddock?

Pascal Duquenne?

Oui, oui, Pascal Duquenne.

Dans le soufisme, les anges s'indignent qu'après avoir créé Adam, Dieu lui ait enseigné tous les noms en ce compris ceux des Belges célèbres.

À présent, comme pour me punir, les anges sont sur mes talons! J'espère me refaire sur le nom des cinéastes, mais je suis si mal. Chantal Akerman avec son beau visage. André Delvaux. Henri Storck. Jaco Van Dormael…

Et comme si, à court d'arguments et de force, j'avais atteint le point Godwin, il me revient soudain que la Belgique a eu son nazi en la personne de Léon Degrelle, qu'Hitler aurait voulu avoir pour fils.

Mes mains circulent un instant encore sur le clavier de mon Mac comme pour y chercher un peu de fraîcheur.

Je ne sais où j'ai trouvé l'énergie de sauver (pomme S) le document Word sur lequel je travaille.

À l'instant où l'écran s'est éteint, ma poitrine s'est abaissée comme sous l'effet du soulagement.

Et c'est là, à l'instant où en principe, j'aurais dû lâcher prise, qu'émergeant du coma, m'est revenu le nom de Sœur Sourire…

Je pousse un juron.

Sans Sœur Sourire, mon projet perdait, c'est sûr, de son caractère scientifique. Sans Sœur Sourire c'est comme un panthéon sans Jean Moulin. Historiquement, c'est bancal.

Sœur Sourire qui réussit à placer son fameux *Dominique Nique Nique* jusqu'au sommet des *charts* américains.

Je n'ai plus la force de rallumer mon ordinateur. C'est trop con.

Sœur Sourire.

Les anges s'indignent-ils sur mon passage que Dieu ait pu me confier tous les secrets de la création ?

Postface

Dans l'avis de faire-part que mes enfants firent paraître dans les pages nécrologiques du *Soir* et de *La Libre*, il était question, comme on pouvait s'y attendre, d'une « longue et pénible maladie ». La formule m'a fâché. L'affaire étant entendue, j'aurais préféré les voir cracher le morceau et reconnaître haut et fort que c'est par le cul que j'avais fini par foirer. Que tout avait lâché d'un coup, m'emportant presque sans souffrance en moins de quatre minutes.

La veille de mon inhumation, la RTBF rediffusa un portrait que Wilbur Leguebe m'avait consacré il y a plus de vingt ans. J'avais complètement oublié les lunettes rouges que je portais à cette époque. Vivant, j'aurais sans doute été meurtri de voir cet hommage programmé à 23 h 35 sur la Trois, une chaîne que je n'ai même jamais enregistrée sur mon téléviseur tant elle me semblait sans intérêt.

C'est d'ailleurs dans les pages radio-télé qu'en quelques lignes, on évoquait ma disparition, la notice la plus longue (dans *Moustique*) rappelant que j'étais surtout connu pour avoir amusé durant plus de quinze ans les auditeurs du service public bloqués dans les bouchons, en participant à une émission dont les plus âgés se souvenaient sans doute : *Le Jeu des Dictionnaires* animé par Jacques Mercier.

Le *Courrier de l'Escaut* fut le seul quotidien à me consacrer un article de plus de vingt lignes, qui évoquait ma carrière d'artiste et d'écrivain. Malheureusement, le journaliste ne devait pas être très intéressé par le sujet et le visage qui illustrait l'article n'était pas le mien, mais celui de Plastic Bertrand. Je pris cela comme une vengeance de ce dernier, sans doute vexé que je ne l'aie pas cité dans mon panthéon.

Autant dire qu'à cette occasion, Adamo ne fut pas invité sur le plateau du JT.

Le curé qui présida au service religieux et à qui, manifestement, mon nom ne disait rien, refusa catégoriquement de diffuser en fin de cérémonie *Ne dis rien*, une chanson écrite par Gainsbourg et chantée par Brialy et Anna Karina, ce qui était pourtant mon unique exigence. Seule consolation, l'ultime facétie dont me gratifia mon ami Philippe Geluck et qui en quelque sorte sauva la cérémonie : une impressionnante couronne de lys blanc qu'il fit livrer par l'intermédiaire des pompes funèbres, et qui se trouvait barrée des prénoms Philippe et Mathilde. La blague eut beaucoup de succès. À la sortie de l'église, alors qu'en rang d'oignon, Charlotte, mon père et mes enfants allaient se prêter au rituel des condoléances, c'est autour de Philippe que tout le monde se rassembla pour le féliciter – tous s'accordant sur le fait que « Juan aurait adoré. »

Parmi les personnalités qui m'accompagnèrent au crématorium, Charlotte Beaudry, Thomas Gunzig, Philippe et Dany Geluck, Philippe Lafontaine, Laurence Bibot et Marka, malheureusement sans leurs enfants dont la présence aurait pourtant suffi à transformer mon enterrement en *place to be*.

Je n'étais pas au bout de mes humiliations.

Ma sœur qui, depuis l'enfance, a été mon roc, ma balise, un soutien indéfectible et qui, persuadée que ma notoriété allait faire affluer après la crémation une quantité de personnalités de tout bord, commanda huit pains surprises dont cinq ne furent jamais sortis de leur cellophane.

Du côté de Duvall

Longtemps, je me suis couché de bonne heure.

C'était le genre incipit proustien qui – mis à part les soirs de match – semblait régler sa vie. C'était l'époque des premiers concerts Freaksville où le boss de Seraing avait opté pour le tir groupé. Tout le label y défilait à la queue leu leu, chantant trois chansons chacun, dans une formule qui avait un avantage : on passait en force, mais aussi un inconvénient : on était souvent plus nombreux sur scène que dans la salle. Qu'importe, il fallait juste que ce soit sauvage, bruyant et, si possible, à la limite des genres. Le reste était sans réelle importance. Dans ces virées à la Tod Browning, il n'existait qu'une contrainte, un impératif que Duvall et moi avions érigé en règle d'or : il fallait le ramener au home avant minuit ! Faut dire que dans le monde impitoyable des séniories, le personnel est très à cheval sur les heures de sommeil. Qu'on ait donc chanté à l'Escalier ou à l'Atelier Rock, à Liège, à Huy ou sur les hauteurs de la citadelle, il fallait que ma citrouille le dépose place De Brouckère avant les douze coups fatidiques. Ne pas être dans les temps, c'était lui assurer les engueulades de l'infirmière en chef, la privation du flan caramel ou, pire, la camisole chimique et son cortège de sédatifs.

Les vieux, ça se couche avec les poules. Et les poules, rue du Cirque, ce n'est pas ça qui manque.

C'était l'époque du Cowboy et de la Callgirl où Duvall circulait avec sur la tête un Pompilio rose électrique, se cherchant entre Tom Mix et la boule à facettes du Balajo. Il était magnifique. Racé comme un hidalgo. Fin comme un couteau de Tolède. La voix incomparable et un débit de kalachnikov. Il était au top. Il ne lui manquait que le clip qui allait avec. Et comme dans cette bande de catcheurs itinérants, Scalp et moi étions plutôt les visuels, c'est à moi qu'on confia la tâche. Le plan était simple : on lâchait Duvall dans son quartier, on en éprouvait la touffeur nocturne en le suivant dans les claques et les bars à putes. En gros, dans tout ce que sa rue compte d'épiceries fines. Des lieux cramoisis hantés par des portiers serbes, des maquerelles peroxydées et de grandes filles pour qui il était le seigneur local, l'ours Beorn face aux hobbits, le grand Jacques, le seul, le vrai.

Tope là !

Nous nous étions donné rendez-vous au Sablon, non que le quartier nous soit particulièrement sympathique, mais ce soir-là, le label y chantait au grand complet dans une salle dont la jauge semblait avoir été conçue exprès pour lui – elle pouvait accueillir une trentaine de spectateurs. J'avais pris ma caméra. J'avais pris congé de ma fiancée pour la nuit. J'étais un peu fébrile. La grande roue, je connaissais, je pouvais y monter sans remettre mon goûter, mais là, je sentais que je venais de prendre un ticket pour le Tornado. Miam, l'entraîneur, était confiant. Il disait : *T'inquiète, fais-en un truc braque. Tu lui colles aux basques et tu enregistres tout en vrac…*

Prétendre avoir une longueur d'avance lorsqu'on évoque l'amour tarifé peut apparaître comme un euphémisme. Quoi qu'il en soit, c'est une longueur que Duvall avait sur nous tous. Une longueur dont je risquais d'être le témoin hébété. J'espérais être à la hauteur.

À l'heure dite, aucune trace de Duvall.

Mon estomac oscillait déjà entre la déception et le soulagement. J'imaginais d'autres scénarios pour son Scopitone. De ceux qu'on pourrait tourner la journée, peinard, entre nous, sans forcément devoir aller voir les filles. Des saynètes minimales, conceptuelles et surtout, asexuées. À l'instant où je m'apprêtais à sonner ma fiancée pour lui annoncer que finalement, c'est avec elle que je passerais la nuit, Duvall apparut dans une vision d'apocalypse. Une image de catastrophe ferroviaire. Pire, d'attentat terroriste! Le visage en sang. Les chairs du menton à la dérive. La chemise et le futal déchirés. Seul son Pompilio rose était miraculeusement sorti indemne de la bastonnade. La putain de classe! Ce n'était pas la première fois qu'il échappait ainsi à la mort. C'est pas qu'il soit belliqueux, mais son profil de médaille, son calme, sa superbe de dandy ont toujours eu le don d'énerver le loubard. J'imaginais d'emblée le carnage. Lui, les bras repliés sur le visage, roulant au sol sous les coups de pied de petites frappes urbaines. Dans ses orbites égarées brillaient des yeux qui avaient vu la mort. En morceaux épars, le Duvall. Pareil à la station Mir après son retour dans l'atmosphère.

Sans lui poser la moindre question, je l'embarquai dans ma voiture, comme un cerf que j'aurais percuté au détour d'une départementale. Il pisse du sang sur la banquette. Il a un œil qui semble ne plus pouvoir s'ouvrir. Et comme ça dégueule d'emblée l'artiste maudit, la main gauche sur le volant, j'enclenche de la droite la caméra et la braque sur lui. Sa silhouette se dessine sur le noir luisant des vitres latérales. Bruxelles défile en lambeaux orangés. C'est beau, cette image de nuit d'émeute !

– Putain de pavé ! lâche-t-il soudain.

Mon Dieu, c'est donc à coups de pavé qu'ils ont essayé de le mettre à genoux ?

– Ils pourraient quand même surveiller l'état de leurs trottoirs, ajoute-t-il, avant de me décrire le vol plané qu'il a effectué après que ses Nike se sont prises dans un accident de voirie. La vache ! C'est donc un pavé déchaussé de la rue Lebeau qui a eu raison de lui ? Je lui signale qu'en période de guerre, une telle automutilation l'enverrait illico vers le peloton d'exécution. Qu'importe ! Le prosaïsme des faits n'a pas d'emprise sur un type comme lui. Sa tragédie reste totale et résolument christique. Les vraies raisons de son échouage, finalement, on s'en fout, c'est le résultat qui compte. Il suffira de faire un choix dans les images que j'engrange. On pourra leur faire dire ce qu'on veut.

Notre entrée au CHU semble me donner raison. Wagnérienne ! Et Dieu sait si le samedi soir, les urgences de l'hôpital Saint-Pierre, c'est Beyrouth, dans le fond comme dans la forme. La chair à vif. Celle des accidents de mobylette, des comas éthyliques, des coups de couteau entre conjoints. Et pourtant, ce soir-là, toute cette misère lui prêta aussitôt allégeance. Un silence plein de respect s'abattit sur la grande salle carrelée où s'effectuait le premier tri. On nous libéra deux sièges muraux en plexi orange. La façon dont l'os de sa mâchoire émergeait de sa plaie força l'admiration de tous. Dans cet éventail de corps disloqués et de contusions, la stupeur s'instilla. Du moins un moment. Le temps de voir débouler une Rwandaise en peignoir fuchsia, enceinte de cinq mois selon ses estimations, et qui prétendait en hurlant comme une possédée être sur le point d'accoucher. Une furie d'une centaine de kilos qui lâchement nous vola la vedette et ruina d'un coup nos espoirs d'une prise en charge rapide.

Secrètement, j'espérais qu'on le reconnaisse, qu'une infirmière ait dansé sur une chanson de Chamfort dont il aurait écrit le texte, qu'un brancardier nous fasse un signe de connivence en fredonnant les premières mesures de *Banana split*, mais, très démocratiquement, on nous fit attendre notre tour.

Autant dire qu'une heure plus tard, nous étions toujours échoués au même endroit. De temps à autre, Duvall marmonnait un message incompréhensible qui venait se fondre dans les rumeurs lointaines des sirènes d'ambulance. Et c'est dans cet état aphasique que la question sonna soudain à nos oreilles :

– Est-ce que vous être en ordre, question rappel tétanos ?

Elle est posée par un jeune médecin à l'air las. Elle est si peu en adéquation avec la culture garage que nous tentons de défendre, que je vois pointer l'amorce d'un sourire sur ce qui reste de bouche à mon camarade. Imaginer que Jacques se soit fait un jour fait vacciner contre le tétanos ? Autant envisager la présence de truffes blanches dans les saucisses Herta. Je faillis répondre que mon ami n'avait plus vu une prairie, un cheval et du fil barbelé depuis plus de quarante ans, mais je m'abstins. Devant l'élégance délabrée de Duvall, l'urgentiste imagina sans doute avoir à faire à une agression homophobe. Je le détrompai en lui expliquant en deux mots les circonstances du drame. Il enfila des gants en latex bleu électrique, déploya sur le corps de l'auteur un champ stérile vert et se mit à le recoudre, un peu surpris de me voir braquer sur lui mon caméscope.

– Ça vous dérange si je vous filme ? C'est pour un clip. En principe, on devait le tourner dans le milieu de la prostitution, mais vu les circonstances…

Mon explication n'est pas des plus claires, mais le jeune gars entame sans piper mot un ouvrage de dame aux points serrés et aux sutures précises qu'il complète par une stratification de compresses. Je sentais que je tenais quelque chose de délicieusement saisissant. Des images rimbaldiennes auxquelles la dominante verte chirurgicale conférait un caractère martien.

Il devait être près d'une heure du matin quand on nous libéra. Lâchement soulagé de ne pas avoir à aller aux putes, je m'apprêtais à le rembarquer quand sa bouche émit un son sous la compresse :

– Et maintenant, on le fait, ce clip, oui ou merde ?

Je manquai de m'écraser.

Me raccrochant au flou laissé sur la destination, je lui demandai : « Quoi, tu veux vraiment qu'on y aille ? »

Oui, cela s'imposa très vite comme une évidence. Il voulait y aller. Plus que jamais. Ses fines narines de lévrier frémissaient à l'idée des cris que son arrivée allait provoquer. Les filles allaient hurler, pleurer, mouiller de bonheur. Elles voudraient le toucher, le soigner, le consoler. Compter ses points de suture. Le sucer séance tenante. Elles voudraient tout savoir sur les causes du drame. Et avec des mots choisis dans le dictionnaire des super-héros, lui, Duvall, leur expliquerait qu'un chanteur concurrent avait tenté de le tuer. Un type meurtri par la beauté sublime de son nouvel album. Un gars énorme, fort comme une dépanneuse et surtout, jaloux comme un tigre. Un autre cow-boy qui avait tenté de l'assassiner à coups de cric.

Rien que d'y penser, Jacques en avait des larmes de gratitude qui lui montaient aux yeux.

Et tout se passa comme il l'avait dit, mais en mieux. En plus délicieusement tragique. Les clameurs qui nous accueillirent furent de celles qui durent accompagner l'entrée du Christ à Bruxelles. Une hystérie collective qui rappelait les premiers concerts des Ramones. Il commanda du champagne. Il me présenta à chacune, leur expliquant que je m'appelais Judas et que je faisais un film qui allait toutes les rendre mondialement célèbres. Avec grâce, elles s'offrirent à la caméra comme on s'offre à l'anesthésiste. Suspendue à son cou comme des grappes de fruits aux senteurs lourdes, une métisse aux jambes interminables lui caressait les joues. Tout en se frottant l'entrecuisse contre la barre de pole dance fixée sur le bar, une autre, qui semblait n'avoir que quinze ans, disait à ma caméra qu'il faudrait qu'on prévienne la police pour retrouver l'assassin. On passa en revue toute sa carrière. Tu as des nouvelles de Lio ? Et Jane Birkin, elle est vraiment gentille ? Celle que je préfère d'Alain Chamfort, c'est *Manureva* ! Quoi, ce n'est pas toi qui as écrit *Manureva* ? Judas, c'est joli comme prénom, ça fait histoire sainte ! Et ton cheval, tu l'as laissé dehors ?

Avec un fort accent bruxellois, la patronne demandait à intervalle régulier si on en remettait une nouvelle. Et sans attendre la réponse, elle en remettait une. C'était tellement bon de boire à sa santé…

Longtemps, je me suis couché de bonne heure.

À la troisième bouteille, j'abandonnai le navire. Il devait être dans les quatre heures du matin lorsque je rejoignis enfin mon amoureuse.

J'avais le film. Et comme j'aime mentir, je prétendis l'avoir tourné avec mon téléphone portable.

L'affaire Félicie Larondelle

Le revers de la médaille

Lors de notre audience de ce matin, Charles Rogier m'a apporté la nouvelle pièce de 20 centimes qui vient d'être frappée à mon effigie. Il semblait si content de lui que j'ai failli lui demander si c'était lui qui l'avait gravée. Je l'ai fait circuler un instant entre mes doigts, l'ai analysée avec attention avant de lui faire part de mon mécontentement. Malgré ce qu'il prétend, j'affiche sur cette monnaie un déprimant profil de chien mouillé. Heureusement, le lion au revers est très réussi.

J'ai cru faire de l'esprit en lui demandant si je pouvais la garder. Il n'a pas semblé trouver cela amusant.

Comme il cumule le poste de Premier ministre avec le portefeuille de l'Intérieur, il m'a apporté une série impressionnante de maroquins qui sont venus s'ajouter à ceux qui s'empilent déjà sur ma table de travail. En plus des projets de loi soumis à ma signature, d'une note diplomatique émanant de notre ambassadeur au Vatican, de procès-verbaux en tout genre et d'une énième synthèse concernant son projet de fortification d'Anvers, il y a glissé une requête en grâce à laquelle il m'a recommandé de ne pas donner suite. Il était d'ailleurs sur le point de la reprendre pour la renvoyer à son expéditeur quand je lui ai fait remarquer que, de nous deux, c'était encore moi, le roi des Belges. C'est une remarque dont j'ai tendance à abuser tant elle est efficace. Qu'il s'agisse de ministres, de grands commis de l'État ou du petit monde de Laeken, dès que je rappelle cette évidence, tout le monde se met au garde-à-vous. Même Arcadie Claret, lorsqu'il s'agit pour elle de se soustraire à mes avances. Quand je lui rappelle que de nous deux, c'est moi le roi, elle éclate de rire, affirme que dans dix ans, la Belgique n'existera plus, mais finit quand même par m'accorder ses faveurs.

Toujours est-il que je me retrouve là avec de quoi occuper cette fin de semaine. Après tout, si j'ai refusé la couronne de Grèce, c'est aussi parce que l'indolence n'est pas dans ma nature. Régner à Athènes n'aurait été qu'une longue et ennuyeuse villégiature. Être le roi de la jeune Belgique est autrement plus excitant.

J'ai donc passé en revue les projets de loi, rangé sans même la lire la note diplomatique du Vatican – je me soucie comme d'une guigne de ce que le pape pense du protestant que je suis – et finalement, délaissant les fortifications d'Anvers, je me suis penché sur la demande de grâce. En principe, il y a plus urgent, mais ce maître Regout qui me l'a fait parvenir au nom de sa cliente ne m'est pas inconnu. En tout cas, le nom de ce jeune avocat me dit quelque chose. Peut-être l'ai-je seulement lu dans la presse ; Rogier m'a dit que l'affaire y avait fait grand bruit.

La première réflexion qui m'est venue à la lecture de cette affaire n'avait rien à voir avec les faits en tant que tels. Ni avec le délit, ni avec l'accusée, ni avec quoi que ce soit qui justifiât de demander ma grâce. Je me suis juste étonné qu'après trente ans de règne, on ne m'ait jamais proposé de visiter Flémalle. Est-ce une ville qui manque à ce point d'intérêt ? Les Flémallois sont-ils débiles ? Anarchistes ? Monstrueux à regarder ? Les infanticides de ce genre y sont-ils monnaie courante ? En tout cas, si Marie-Louise et moi y avions fait une joyeuse entrée, la reine aurait sans doute visité l'hospice dont il est question. N'est-ce pas le travail des reines que de se pencher sur les malades ?

Le dossier que m'a remis Rogier comprend les attendus du procès, les conclusions des légistes, une série de coupures de presse ainsi qu'une lettre manuscrite de la condamnée. L'écriture en est malhabile mais joyeuse, si tant est qu'une façon d'écrire puisse l'être. Sans doute cette jeune couturière, faute d'avoir appris, s'est-elle contentée de reproduire la lettre de son avocat. J'ai l'impression que c'est moins une supplique qu'elle m'adresse qu'un dessin tout en arabesques réalisé exprès pour moi. Je dois reconnaître que cela me touche. Les dessins que Charlotte m'a offerts pour la fête des pères et que je conserve dans mon bureau ne sont pas plus jolis.

En attendant, les faits sont là. Cette Félicie Larondelle a tenté d'étouffer son nourrisson avant même d'avoir quitté la maternité, ce qui, en plus d'être imprudent, n'a pas dû être du goût des religieuses. C'est fâcheux. Il y a assez de raisons pour que les enfants périssent dans des accidents domestiques pour ne pas les faire mourir avant même d'avoir quitté la maternité. La naïveté de cette demoiselle me semble moins excusable que la folie meurtrière dont elle a fait preuve. Faut-il être déboussolée et malheureuse pour en arriver à de telle extrémité ?

Il faut que j'aille un jour à Flémalle.

Je me surprends à circuler dans le dossier à la façon d'un gendarme. J'en manipule chaque document comme le ferait un enquêteur. Je lis, je classe et, bien que je cherche à me faire une idée précise des responsabilités de chacun, je songe à Arcadie que je dois rejoindre au Belvédère en fin d'après-midi. Je songe à la façon arrogante dont ses seins pointent sous mes caresses. C'est la maîtresse la plus voluptueuse qui soit. C'est d'ailleurs pour cette raison que je veux avoir pris ma décision avant de la rejoindre. Une fois au lit, sa sensualité a sur moi un tel ascendant qu'elle pourrait me faire changer d'avis, quel qu'il soit. Si je lui confie mon intention d'être impitoyable, elle me traitera d'insensible et de bourreau des Belges. Et si, à l'inverse, j'évoque l'idée d'être clément, je la connais, elle me traitera de lopette, de faible. Elle me dira : « Nestor, vous êtes un mou du gland ! » Et dans les deux cas, je serai perdant. Autant je me soucie peu de ce qu'on pense de l'homme, autant la défaite du monarque me serait des plus déplaisantes. Si j'ai accepté ce poste, nom de Dieu, ce n'est pas pour faire de la figuration.

Mais revenons-en aux faits. Le premier mars de cette année, et malgré une plaidoirie de Regout que tout le monde s'accorde à qualifier de brillante, la cour d'assises de Liège a reconnu Félicie Larondelle, fille d'un ferrailleur flémallois, 24 ans, célibataire, coupable d'infanticide et l'a condamnée à être exécutée en place publique. Si je n'ai aucune sympathie particulière pour ceux qui étouffent leurs marmots, j'en ai encore moins pour ceux qui s'arrogent le droit de faire guillotiner des jeunes femmes en place publique. Il ne me semble pas convenable de paraître devant Dieu sans tête. Sans doigt, peut-être. Sans pied, pourquoi pas. Sans tête, non. Sans la tête, il vous manque vraiment quelque chose.

Où en étais-je ? Au jugement du premier mars. Je ne sais plus exactement. Voilà que malgré l'importance « capitale » de ma décision, je me retrouve sujet aux digressions. Que faisais-je le premier mars ? C'est idiot, la destinée de cette Félicie est suspendue à ma décision et voilà que je cherche à me rappeler ce que je faisais le jour où on l'a condamnée à mort. Je tente donc de résister à ma curiosité, mais finalement, je ne peux m'empêcher de consulter mon agenda. Le premier mars ? Je lèche mon doigt pour avancer plus vite dans l'éphéméride. Le premier mars… Le matin, j'ai accordé une audience aux ingénieurs de chez Cockerill. Je leur devais bien ça : ils s'apprêtent à mettre en chantier un navire de 419 tonnes qui portera mon nom. 419 tonnes, ce n'est pas rien. À midi, j'ai déjeuné avec ce vieux charlatan de Stockmar, je m'en souviens très bien, cet intrigant m'a tenu la jambe avec des informations de « première main » sur les espions russes et sur la façon dont règne ma cousine Victoria. Et l'après-midi, j'ai rejoint Arcadie au Stuyvenberg pour ce qu'elle appelle un de nos attentats à la pudeur. Et si je me souviens bien, l'attentat fut mortellement agréable.

Les arguments que la cour avança ce jour-là, ce premier mars, sont incontestables. C'est que la jeune fille en question, cette Félicie Larondelle, n'en était pas à son coup d'essai et son passif a légitimement pesé sur la décision des juges. Cinq ans plus tôt, alors âgée de dix-neuf ans, la couturière était déjà passée devant cette même cour, qui plus est pour des faits similaires. Le jury l'avait alors reconnue non coupable des faits d'infanticide, mais l'avait quand même condamnée à quinze mois d'emprisonnement pour homicide par imprudence. Et voilà que l'année passée, elle a remis le couvert en tentant de commettre un nouveau meurtre sur une petite Marie-Antoinette à qui elle venait à peine de donner le jour. Une tentative qu'elle réitéra en décembre avec plus de réussite cette fois.

En gros, elle tenta de tuer l'enfant alors qu'elle était encore à la maternité et quelques mois plus tard, elle l'assassina réellement. Définitivement. Par asphyxie.

Je dépose un instant le maroquin, comme pour reprendre ma respiration. La tête me tourne. Je jette un œil aux grandes fenêtres qui donnent sur le parc. L'ombre du château y dessine des formes régulières à la limite desquelles un jardinier ramasse des feuilles. Ses gestes ont l'élégance de ceux des échassiers. Il ne doit pas avoir quarante ans et pourtant, il semble habité par une sagesse orientale. Peut-être devrais-je ouvrir la fenêtre et lui demander son avis. Je pourrais lui crier d'ici quelque chose du genre :

– Mon ami, pour deux grossesses hors mariage, deux bâtards, deux infanticides, quel serait votre verdict ?

Deux grossesses hors mariage, deux bâtards, deux infanticides…

Dans cette équation, on retrouve la fatalité dont se désespèrent les bigots et les bien-pensants, mais qui n'est en fait qu'un problème de classe. Arcadie Claret que j'aime et que j'adore, Arcadie à qui je rends visite parfois deux fois par jour les bras chargés de camélias, Arcadie Claret aussi a eu de moi deux enfants, hors des liens sacrés du mariage et donc parfaitement illégitimes. A-t-elle subi la honte que l'on réserve aux mères célibataires de la région de Flémalle ? A-t-elle eu recours à une faiseuse d'ange ? A-t-elle songé à une quelconque forme d'infanticide ? Non, bien sûr. Au contraire. Arcadie n'a jamais eu besoin d'étouffer personne. Non seulement Arthur et George-Frédéric pètent de santé, mais ils ont même profité d'une éducation de princes royaux. Quant à leur mère, non seulement on n'a jamais cherché à la guillotiner, encore que le ministre Vandenpeereboom ne s'y serait pas opposé tant il la déteste, mais en plus du Stuyvenberg qu'elle occupe gracieusement, je mets tout en œuvre pour qu'elle finisse baronne. J'aime Arcadie. Je l'adore. Il n'empêche, tout cela est parfaitement injuste. Une injustice dont, bien sûr, j'éviterai de faire état devant elle. Elle serait capable de me sauter à la gorge et de se refuser à moi durant des semaines.

J'ai fini par reprendre le maroquin. Bien qu'il n'ait pas eu l'occasion de me donner son avis, la vue du jardinier m'a comme soulagé d'un poids. Je passe en revue les coupures de presse. Du sensationnel et du sordide. Ainsi, *L'Indépendance belge* rappelle que s'il faut en croire les légistes, c'est contre le sein de sa mère que la petite Marie-Antoinette fut sans doute étouffée. Un détail qui, malgré sa violence morbide, conserve une part de sensualité. Si j'avais été maître Regout, m'appuyant sur les constatations des médecins, j'aurais plaidé le trop d'amour. L'étreinte fatale. C'est en tout cas ce que ferait Arcadie, si je venais un jour à mourir étouffé contre elle.

Il n'empêche! Qu'est-ce qui peut pousser une fille de Flémalle à donner à un enfant qu'elle n'a pas désiré le prénom d'une reine qui a fini sur l'échafaud? Marie-Antoinette; qu'elle mouche l'a donc piquée? Difficile de comparer ce qui n'est pas comparable et pourtant, je ne peux m'empêcher d'associer la détresse de cette jeune accouchée au presque dénuement que j'ai connu enfant, petit prince allemand soudain dépouillé par les armées de la République et de l'Empire français. D'accord, depuis, la situation s'est rétablie en ma faveur. Il n'empêche, je suis fatigué que ces messieurs du gouvernement ne cessent de me mettre en garde contre ce qu'ils appellent la turpitude du petit peuple.

À l'instant où je sors du tiroir la feuille de vélin qui accueillera ma décision, un papier à lettre à mes armes que toutes les chancelleries d'Europe connaissent maintenant depuis trente ans, je me retrouve submergé par l'indécision. Quel que soit mon choix, mademoiselle Larondelle pourra au moins se vanter d'avoir reçu une lettre manuscrite de Léopold, Premier du nom et roi des Belges. À Flémalle, ils ne doivent pas être nombreux à pouvoir en exhiber de pareille. Bien sûr, si je ne lui accorde pas ma grâce, ça lui fera une belle jambe, il n'empêche, je suis certain que sa famille conservera mon billet tel un trésor. En tout cas, le timbre et le cachet, s'ils sont un peu collectionneurs…

J'arrête là ma réflexion sur le sujet. Je n'aime pas le cynisme dont je fais preuve. Ce n'est pas dans ma nature de ricaner. Pour être honnête, ma propre indécision me consterne. Si, sur le champ de bataille, l'officier impérial que j'étais avait fait preuve d'une telle confusion, le petit Napoléon serait toujours sur le trône. C'est très bien de retrouver son visage au revers des pièces de 20 centimes, mais si c'est pour être gouverné par le doute, ça n'a que peu d'intérêt. Il faut dire que le profil que j'affiche sur celle-ci est franchement horrible. Plus je la regarde, plus j'ai l'impression d'y voir un fourbe surveillant son peuple du coin de l'œil. Sa galoche est interminable et son œil de mouche ne m'a pas quitté de la pupille depuis que je l'ai déposée sur le coin du bureau. Eh bien soit. Si ce roi est aussi ressemblant que le prétend Rogier, pourquoi ne pas lui confier un poste de ministre sans portefeuille ? Un statut d'éminence grise ? Un titre de chef de cabinet fantôme qui, dans l'affaire qui nous occupe, pourrait même décider à ma place.

Je ne me laisse pas le temps d'aller plus loin dans mes divagations, je m'empare de la pièce, décide que si elle tombe côté lion, la petite sera guillotinée, et je la lance en l'air. Un moment elle tourne sur elle-même dans le soleil, au ralenti, comme pour augmenter le suspense, et elle finit par retomber juste à côté de l'écritoire.

J'éclate de rire. Le temps d'un éclair, mon double sur la médaille tourne le visage dans ma direction et me gratifie d'un clin d'œil amusé avant de reprendre sa position de profil. Finalement, cette pièce me plaît assez. Je ris de plus belle en songeant aux journalistes du *Bien Public* qui vont se déchaîner. À ceux de l'*Émancipation* qui se diront choqués, parleront d'abus de pouvoir et exigeront que le gouvernement se justifie dans le *Moniteur*. Les Flémallois vont s'indigner qu'on les prive ainsi d'une belle et bonne exécution publique. Qu'importe : seuls les hommes s'indigneront. Les femmes, elles, se rangeront à ma décision. Arcadie elle-même sera d'accord, pour que mes assauts soient à la hauteur de son appétit.

Pour ce qui est du Premier ministre, sans doute va-t-il pester. Tant pis pour lui, ce sera l'occasion de lui rappeler que, de nous deux, c'est encore moi, le roi des Belges et qu'à ce titre, j'ai accordé à Félicie Larondelle, célibataire flémalloise et par ailleurs fille de ferrailleur, une grâce pleine et entière – en prenant la peine de glisser dans le pli, la pièce de 20 centimes qui l'a sauvée.

Bruxelles 2000

…

N° 132 : J'adore me retrouver dans le hall de l'hôpital Saint-Pierre. J'adore l'idée que mon corps (dans lequel je n'ai aucune confiance) puisse y faire l'objet d'une défaillance subite. Savoir que si tout en moi devait lâcher d'un coup, je serais pris en charge par toute une clique de professionnels extrêmement compétents.

N° 133 : J'adore l'idée d'habiter au numéro 155 de la chaussée de Roodebeek. Je détesterais habiter au 42 ou au 234 de cette même chaussée. Par ailleurs, je détesterais habiter au numéro 155 de la chaussée de Helmet ou de la chaussée Romaine. Et pourtant, j'adore qu'une ville comme Bruxelles, à l'aube du XXIe siècle, compte toujours une chaussée qui s'appelle chaussée Romaine.

Je fais partie de cette génération pour qui l'an 2000 fit basculer la science-fiction dans le réel. À l'inverse de nos parents et de nos grands-parents, l'échéance pointait au loin comme une utopie dont nous allions enfin pouvoir évaluer le bien-fondé. Plus qu'un objectif à atteindre, 2000 se présentait comme un verrou qui, en sautant, allait embarquer le monde dans une ère rayonnante de progrès et de modernité. Pas loin de chez moi, l'enseigne d'un Priba 2000 rappelait à tous cet objectif commun. Le cinéma, la littérature d'aventure et surtout la bande dessinée évoquaient ce futur désormais proche, à travers une série de thématiques toutes plus encourageantes les unes que les autres : la femme de l'an 2000, la voiture volante de l'an 2000, la guerre interstellaire, la cuisine lyophilisée ou les bases martiennes de l'an 2000.

N° 134 : Je déteste entrer dans Bruxelles par Drogenbos. Je ne sais pas pourquoi. Je pense que ça me fait peur.

N° 135 : Je n'aime pas particulièrement Dick Annegarn et cela malgré le fait qu'en principe, tout le monde adore Dick Annegarn. Honnêtement, je déteste bien plus Jacques Brel que Dick Annegarn, sans doute parce qu'il y a encore plus de gens qui apprécient Brel que de gens qui apprécient Annegarn. Ce que j'aime dans l'idée de détester Jacques Brel, c'est qu'il semble que ce soit une position aussi indéfendable que celle de ne pas aimer Proust ou Venise. À ce titre, elle est aussi plus exigeante. En effet, personne n'imagine un fan de Brel obligé de se justifier, alors que l'argumentation de celui qui, comme moi, le déteste, doit être imparable. Je pense être devenu le champion du monde dans cet exercice. Question aversion de Brel, je suis intarissable. Je peux, à flux tendu, enchaîner tout ce que je lui reproche : machiste, arrogant, cabotin, expressionniste, tout en sueur et en vulgarité, incapable d'ouvrir la bouche sans attirer l'attention de son interlocuteur sur la chance qu'il va avoir d'accueillir la parole de Brel.

Pour les Bruxellois, le passage à l'an 2000 fut une année mémorable et pas seulement par la crainte d'un bug informatique généralisé qui, au douzième coup de minuit, aurait plongé la ville et le monde dans un black-out complet. Cette année-là, comme huit autres villes du Vieux Continent, Bruxelles fut consacrée « capitale européenne de la Culture », l'occasion de jeter un coup de projecteur sur les acteurs culturels qui y travaillaient ou y habitaient.

N° 136 : Je déteste le Sablon. Le Sablon a toujours été une cause de friction avec mes parents qui, eux, adorent le Sablon et ne comprennent pas comment on peut détester un endroit aussi bien conservé. Pour me prouver la pertinence de leur choix, ils ont l'habitude de dire : « Mais enfin, Juan, c'est l'endroit de Bruxelles que Bill Clinton préfère ! »

N° 137 : Je n'aime pas Brel, mais j'aime bien Boris Lehman. Il y a à Bruxelles une foule de gens que j'aime ou que je déteste parce qu'il est de bon ton de les aimer ou de les détester. Et il y en a que j'aime ou que je déteste spontanément. De mon propre chef.

N° 140 : J'adore la basilique de Koekelberg. Je me souviens qu'enfant, la collecte d'une messe par mois était consacrée à sa construction. Cinquième plus grande église du monde, son style néobyzantin a longtemps été l'objet de railleries. On parlait d'une église de style pâtisserie. On évoquait, en se pinçant le nez, sa couleur urine. On la rebaptisait baselberg de Koekelique… J'aime que la basilique de Koekelberg n'intéresse que les touristes. Je ne connais personne qui, habitant Bruxelles, m'ait un jour dit avoir visité la basilique de Koekelberg. Jamais.

Dans le contexte de cette année un peu particulière, je proposai un projet – rapidement accepté – consistant à faire entrer dans le dictionnaire le mot abruxellation, un néologisme qui, bien que créé pour l'occasion, renvoyait à une réalité bien bruxelloise : le rapport amour/haine que ses habitant.e.s entretiennent avec leur ville.

N° 141 : Je déteste quitter Bruxelles en car. Ça me donne la colique.

N° 142 : J'ai toujours adoré les spaghetti *alle vongole veraci*. En l'an 2000, j'aimais particulièrement ceux du Rugantino, un restaurant italien du boulevard Lemonnier. Un ancien magasin de tissus avec balcon intérieur. Il y avait toujours trop peu de *vongole* à mon goût, mais ils étaient vraiment *veraci*.

N° 143 : Je crois que si je déteste à ce point le Vieux Sablon, c'est précisément parce qu'il est vieux sans être *veraci*.

N° 144 : J'adore Bruxelles parce que tout le monde se connaît. À Bruxelles, il y a beaucoup plus de gens qui me connaissent que de gens qui connaissent Félix González-Torres ou Imi Knoebel, d'abord parce que tous ceux qui connaissent Félix González-Torres ou Imi Knoebel me connaissent et puis parce qu'il y a tous ceux pour qui les noms de Félix González-Torres ou Imi Knoebel ne disent rien, mais qui néanmoins savent qui je suis. C'est formidable de vivre dans une ville où vous êtes plus connu que des artistes internationalement consacrés.

Je passai donc cette année 2000 au premier étage de l'immeuble Vanderborght, épicentre du festival, à promouvoir mon néologisme. Traquant les abruxellations partout où elles pouvaient se cacher. Éprouvant leur pertinence sur le terrain sociologique, économique ou urbanistique de la capitale. Incitant mes amis artistes à l'utiliser dans leurs travaux. Recensant sa présence dans la presse et les médias. Un boulot à plein-temps entre amour fou et détestation.

N° 145 : Je déteste l'idée de ne pas savoir parler le flamand, en tout cas bien moins bien que ma fiancée qui, bien que de nationalité française, s'est fait un point d'honneur à parler au moins deux des trois langues du pays.

N° 146 : Je déteste cette habitude bruxelloise de peindre des fresques de bande dessinée sur les murs aveugles. Et Dieu sait si j'aime la bande dessinée.

N° 147 : Je déteste les caricoles, mais j'adore les moules parquées. En fait, je ne déteste pas les caricoles, je pense n'en avoir jamais mangé.

N° 148 : En l'an 2000, Saint-Martin Bookshop n'existait pas encore. À l'époque, j'adorais la librairie Peinture Fraîche, mais je me souviens qu'il n'avait jamais les livres que je cherchais, à la différence de Tropismes qui les avait toujours, mais à un prix bien plus élevé.

Dans le cadre de ce projet, un éditeur belge ayant pignon sur rue me proposa d'écrire un petit recueil (il mesurait 25 x 32 mm) dans lequel je listai en mode télégraphique ce que j'adorais et ce que je détestais à Bruxelles. Dans le genre…

N° 152 : Dire que je déteste les vendeurs des magasins Brico serait excessif. Disons que j'entretiens à leur égard une forme de suspicion. Comme, à force d'y traîner, je connais le magasin mieux qu'eux, je fais exprès de leur poser des questions sur l'emplacement des produits qu'ils vendent. Juste pour les entendre me répondre : « Ah non, désolé, nous ne vendons pas ce type de vis ou cette section de tuyau. » Alors, je vais chercher les vis et le tuyau en question et je leur dis : « Si on vous repose la question, vous pourrez dire que c'est dans la cinquième rangée à droite ou la septième à gauche. » Les vendeurs du Brico de Kraainem me détestent. Dès qu'ils me voient arriver, ils demandent à pouvoir prendre leur quart d'heure de pause. Et pourtant, j'adore les Brico. J'adore surtout dire à mes amis que j'adore les Brico, rien que pour les entendre s'indigner : « Mais tu es fou ! Ils ne vendent de la merde qui vient de Chine. Tu devrais aller dans une vraie quincaillerie comme chez Cipac ou chez Saint-Joseph où ils vendent des outils allemands. » J'aime les Brico parce qu'on peut réellement y travailler, calculer, imaginer, concevoir sans avoir un vendeur sur le dos. On peut y passer des heures sans paraître suspect pour autant.

Le livre était si petit qu'un instant, l'éditeur pensa y ajouter une mention en déconseillant la manipulation par des enfants de moins de trois ans. Si petit qu'un journaliste évoqua l'hypothèse qu'il ait été lavé à 90° avec de la poudre ordinaire. La sortie du livre lors de la Foire du livre de Bruxelles fut l'occasion d'une séance de dédicace assez particulière dans la mesure où l'espace de la page de garde ne devait pas faire plus de quelques millimètres carrés. C'est donc muni d'une loupe que je m'installai à la table pour signer mon ouvrage. Ce fut un succès qui, de l'avis de l'éditeur, aurait été encore plus retentissant si un enfant avait perdu la vie en l'avalant.

N° 154 : Je déteste la chasse et pourtant, je trouve formidable qu'un quartier d'une ville s'appelle la Chasse. Je trouve qu'on devrait obliger ses habitants à y circuler en loden et en chapeau tyrolien. Le fusil en bandoulière.

N° 155 : En principe, je ne collectionne pas les cartes postales. Seule exception : celles de l'exposition de 1910 après l'incendie qui la réduisit en cendres. Et parmi celles-ci, la photo très impressionnante des cadavres de deux crocodiles gisant dans leur cage éventrée au lendemain de la catastrophe. Je trouve assez intéressant que Bruxelles puisse brûler. Qu'elle ne soit pas ignifugée. Ça lui confère un statut de métropole. Rome a brûlé. Londres a brûlé. Coney Island a brûlé…

N° 156 : J'adore le mot *shopping center*. Il donne un caractère extrêmement moderne au quartier où il est implanté. C'est un mot dont la vulgarité consumériste rayonne sur tout un pâté de maisons. Sur toute une commune. J'habite à côté d'un *shopping center*. À la fin des années 1970, alors que sa carrière était derrière lui, Cassius Clay en personne y passa quelques heures pour promouvoir un livre dont il était le sujet. C'est fou de se dire que j'ai serré la main de Cassius Clay dans un endroit pareil.

De Bruxelles 2000, je me souviens du Bal Moderne, de la formidable exposition *Voici* que mon ami Thierry de Duve présenta au palais des Beaux-Arts (à l'époque pas encore rebaptisé Bozar), de la Zinneke Parade qui devait donner libre cours à la zwanze locale et du projet *Bruxelles nous appartient* dont le programme proposait une vidéo très émouvante où des

Bruxellois évoquaient leurs cicatrices et les conditions dans lesquelles ils s'étaient blessés.

N° 157 : Parmi les constructions qui ont défiguré Bruxelles, il y a les immeubles Amelinckx et les immeubles Etrimo. De longues barres à appartements multiples. J'ai un ami qui a acheté un appartement au septième étage d'un immeuble Etrimo pour y installer son atelier. Pour en faire un loft, il a abattu tous les murs sauf ceux du w.-c. Quand on sort sur sa terrasse et qu'on regarde les voitures parquées en contrebas, la petite mare et les trois bouleaux plantés devant l'entrée, on a l'impression de se retrouver dans une feuille de motifs Letraset pour architecte.

En tout cas, c'était l'impression ressentie en l'an 2000 quand les architectes utilisaient encore sur leurs plans des motifs Letraset.

N° 158 : Je déteste l'Autoworld. Je ne sais pas vraiment pourquoi. Je ne sais pas toujours pourquoi j'aime certaines choses et pourquoi j'en déteste d'autres.

N° 159 : J'adore comment dans *Providence*, Alain Resnais passe dans le même plan du Capitole de Washington au building Glaverbel de la chaussée de La Hulpe. Je pense avoir visionné des dizaines de fois la séquence où Dirk Bogarde, pistolet au poing, poursuit David Warner sous les colonnades du Palais de justice et se retrouve sans transition sur l'escalier monumental de l'Hôtel de ville de Saint-Gilles. J'adore l'idée que Bruxelles soit un décor.

N° 160 : J'adore l'idée que Jef Lambeaux se soit fait appeler Jef Lambeaux. Je veux dire par là, qu'il n'ait pas choisi un pseudonyme et surtout, qu'il ait sculpté un bas-relief auquel il a donné le titre de *Passions humaines.* J'adore que cette œuvre censurée ne soit visible qu'en regardant par le trou de la serrure du pavillon qui l'abrite dans le parc du Cinquantenaire.

N° 161 : J'adore l'idée de n'avoir jamais mis les pieds à Ganshoren ou alors d'y avoir mis les pieds sans m'en rendre compte.

N° 162: Avant sa démolition, j'adorais le building Martini. Que le plus grand immeuble de la capitale porte le nom d'un apéritif m'a toujours réjoui. Aujourd'hui encore, il m'arrive de boire un Martini. Comme un plaisir coupable et régressif.

N° 163: En l'an 2000, j'adorais aller au cinéma Arenberg. J'adorais leur programmation d'été et leur festival *Écran Total.* J'adorais que ce soit le dernier cinéma où le rideau s'ouvrait en début de séance et se fermait à la fin du film. Ça avait une classe folle. Depuis qu'il est devenu le cinéma des Galeries, je n'y suis plus jamais allé.

N° 164 : Avant, c'est le Nova qui s'appelait l'Arenberg. Enfin, je crois. En 1974, j'y ai assisté à la première de *Glissement Progressif du Plaisir* d'Alain Robbe-Grillet en présence d'Anicée Alvina. J'adorais Anicée Alvina. Je pense avoir bandé pendant tout le film.

N° 165: Je déteste les restaurants qui pensent devoir allumer des bougies sur les tables. Et pourtant, moi-même, je mange chaque soir à la bougie.

N° 166: J'adorais le viaduc Basilique construit pour l'Expo 58 sur le boulevard Léopold II. En y roulant la nuit, on pouvait regarder ce qui se passait dans les appartements. Finalement, ce n'était pas très différent que de regarder la fresque de Jef Lambeaux par le trou de la serrure du pavillon des *Passions humaines*. J'adore l'idée qu'on ait revendu ce viaduc à la Thaïlande en 1986 pour qu'il soit réinstallé à Bangkok. J'adore plus encore le fait qu'aujourd'hui, la Belgique cherche à le racheter pour l'utiliser dans le dispositif de ferroutage du RER.

N° 167 : Avec le temps, je me suis mis à détester Victor Horta. J'adore affirmer haut et fort que je déteste Horta. Les gens pensent que j'ai perdu la raison. Ils disent : « Il a pété un plomb ! Déjà, il déteste Brel, et voilà qu'à présent, il se range aux côtés des promoteurs immobiliers qui ont détruit la Maison du peuple. » En fait, j'ai commencé à le détester par esprit de contradiction, au moment où tout le monde s'est mis à adorer Horta. Aujourd'hui, je lui préfère Joseph Diongre et surtout Van de Velde. Un jour que je véhiculais des amis français dans Bruxelles, j'ai fait un détour par chez mon ami Herman Daled. À mes passagers, j'ai dit : « Vous allez voir une des plus formidables maisons de Bruxelles. Elle a été construite par Henry Van de Velde, un des plus fameux architectes belges ! » À son propos, je leur ai parlé du Bauhaus, de l'école de La Cambre et de la pureté moderniste. Et lorsqu'ils sont arrivés devant le cube de brique rouge de la rue Alphonse Renard, ils ont cru que je me foutais de leur gueule. Ils m'ont dit : « C'est ça la plus belle maison bruxelloise ? »

Sans doute ont-ils réagi de cette façon parce qu'ils travaillent dans le show-business…

N° 168 : J'adore le cimetière de Laeken. J'adore y retrouver le *Penseur* de Rodin et surtout, la tombe de la Malibran. Comme tous les gens qui sont morts de la tuberculose, j'adore la Malibran.

N° 169 : J'adore le musée Wiertz. Il faut dire que je prétendais déjà l'adorer avant même de l'avoir visité pour la première fois. Ça fait un temps fou que je promets à ma fiancée bilingue de lui faire découvrir le musée Wiertz.

En janvier de cette année-là, je fus invité par les souverains au château de Laeken. Non pour service rendu à la Couronne, mais en tant qu'intervenant dans l'année européenne de la Culture. Quoi qu'il en soit, l'important était d'y être !

L'occasion pour moi de rassurer ceux qui, sans y avoir jamais été invités, sont soucieux de l'usage qu'on fait de leurs impôts : c'est extrêmement bien tenu.

Lors de mon passage en 2000, une aile du Palais faisait l'objet de travaux de réfection. Dans ce domaine, le conditionnement de nos imaginaires est autant dû à Walt Disney qu'à Ken Follett. Lorsqu'il est question de travaux dans un château de ce genre, on imagine d'emblée des tailleurs de pierre, des compagnons comme à l'époque des cathédrales, des échafaudages en bois et des femmes en longues robes apportant à boire aux ouvriers… Eh bien, pas du tout. À Laeken, les échafaudages étaient métalliques et provenaient de chez Travhydro. Une grue trônait au milieu des palettes et des sacs de Goldband. Et, tout comme sur tous les chantiers Thomas & Piron, les ouvriers y étaient polonais pour ce qui touchait au plafonnage et travaux de peinture, et marocains pour ce qui tenait du gros œuvre.

Style palladien du genre néoclassique. À l'extrémité de l'aile Est, en retour d'équerre, une rotonde rythmée de pilastres à chapiteaux ioniques. Avec vue sur les massifs de buis taillés. Ce jour-là, c'est un catalogue quasi exhaustif de ce que la Belgique compte de chorégraphes, d'architectes, d'écrivains et d'artistes plasticiens qui fut accueilli sur une terrasse que par ailleurs tous les Belges connaissent. Celle où, en 1969, Eddy Merckx s'est fait photographier avec Baudouin après sa victoire au Tour de France. Là où il y a seulement quelques mois, la future princesse Mathilde faisait l'objet d'une présentation digne d'un concours de Miss. Impossible de ne pas ressentir un pincement au cœur à l'idée de se retrouver dans un lieu si chargé de bons sentiments. Avec, dans la foulée d'une première coupe en terrasse, une déambulation sur la grande pelouse descendant vers l'étang. Nouveau moment d'émotion. J'expliquai à un homologue britannique qu'il s'agissait d'une pelouse mythique présente en arrière-plan sur le couvercle des boîtes de biscuits Delacre offre royale.

Comme il faisait beau ce dimanche-là, nous nous sommes promenés dans le parc durant plus d'une heure. Très grand, très beau… 186 hectares en plein cœur de la ville. À parcourir avec des sensations qui devaient être celles des joueurs de golf.

Avec en point d'orgue, une conversation en tête à tête avec les souverains dans un lieu hors-sol. Exotique et lumineux. Les serres royales conçues par Balat, au milieu desquelles, bien que chez eux, le roi et la reine semblaient eux-mêmes un peu perdus. Un peu absents. Pas certain que nos projets, nos utopies urbaines, nos happenings les aient passionnés. Avec, se fondant parmi les invités, des types qui, malgré leur oreillette, conservaient quelque chose de terriblement wallon. Parce que si dans les films, les membres des services de sécurité, en tout cas ceux du Mossad et de la CIA, sont des mecs baraqués, fringués chez Armani, arborant des mâchoires à la Michel Vaillant et des lunettes fumées, eh bien, chez nous, ce n'est pas aussi spectaculaire. Certes, ils sont équipés de talkies-walkies comme dans les courses cyclistes, mais pour le reste... Les plus impressionnants avaient des carrures de phtisiques, avec des vestons de chez Superconfex et des coiffures à la Burt Blanca. C'était vraiment extrêmement troublant. Un peu pathétique. À deux reprises, j'ai remis mon verre de champagne vide à un type en blazer fraise écrasée que je prenais pour un maître d'hôtel et qui n'était autre que le chef de la sécurité.

N° 170 : J'adore qu'une école pour jeunes filles rangées puisse s'appeler Institut de la Vierge Fidèle. Je ne pense pas qu'à Tokyo ou à New York, il existe des écoles de filles portant ce nom et pourtant, Tokyo et New York sont des villes où l'on prétend trouver absolument tout.

Aller au Palais est une chose. En revenir en est une autre. Ce jour-là, en quittant Laeken, j'expérimentai la pénibilité du retour à la vie réelle, celle pleine de contrariétés qui est celle du commun des mortels. C'est fou, la vitesse à laquelle on prend le pli. Je me rappelle avoir quitté le château dans un curieux état d'euphorie monopolisé par un sentiment de supériorité dont je ne pensais pas être un jour l'objet. Arrêté au feu rouge à hauteur du pont Van Praet, je klaxonnai, invitant les voitures à se mettre sur le côté pour me laisser passer. Durant deux jours, chaque fois qu'un type voulait prendre sa priorité, je poussai des cris indignés tout en désignant le laissez-passer toujours apposé sur mon pare-brise.

N° 171 : J'adore que dans les années 1970, on volait tout et tout le temps au palais des Beaux-Arts de Bruxelles. *La Lettre d'amour* de Vermeer de Delft le 25 septembre 1971 et le *Fétiche arumbaya* de Hergé le 28 août 1979.

À l'heure où j'écris ces quelques lignes, le correcteur orthographique de mon traitement de texte continue à souligner en rouge le mot abruxellation, preuve que le projet n'a pas atteint tous ses objectifs. Malgré les 12 000 utilisations recensées en l'an 2000, il ne fit pas son entrée au dictionnaire – à la différence de bobo et zénitude qui y entrèrent cette année-là.

N° 172 : J'adore la sensation éprouvée en débarquant à l'aéroport de Zaventem, à la sortie de la douane. J'ai toujours l'impression que la foule rassemblée derrière les barrières est là pour m'accueillir et qu'elle va se mettre à hurler en me voyant. Même quand personne ne m'attend, je fais toujours un signe de la main comme le font les politiciens lors des meetings électoraux. Il n'y a rien de plus triste que de débarquer dans un aéroport sans y être attendu.

...

Le Christ à deux reprises

Préalable

En juin 2015, fêtant leurs trente ans d'activités, les architectes Perkins+Will proposèrent à une quinzaine d'auteurs d'écrire une nouvelle sur chacun des projets les plus significatifs réalisés par leur bureau en trois décennies. Connaissant mon intérêt pour l'art rhénan, on me proposa comme sujet le musée du Dialogue situé sur le campus de Louvain-la-Neuve, longue galette d'un béton anthracite inaugurée en 2012 et dont l'extrémité se prolonge curieusement en porte-à-faux au-dessus des eaux du lac, à la façon d'un plongeoir acrobatique.

À la suite de cette publication, je reçus le mail d'une lectrice qui me faisait part de façon très argumentée et surtout très personnelle, de la déception qui avait été la sienne à la lecture de mon texte. La passion avec laquelle elle me livra ses remarques me troubla d'autant plus qu'elle pointait une intuition qui ne m'avait pas lâché tout le temps de la rédaction. J'étais forcé de l'admettre : j'avais écrit cette nouvelle en homme de cinquante-cinq ans, en observateur distancié, sans y proposer quoi que ce soit auquel pourrait être sensible une potentielle lectrice. Piqué au vif, je remis aussitôt l'ouvrage sur le métier et me lançai dans la rédaction d'une nouvelle version. Curieusement, l'exercice se révéla très laborieux. Si je reconnaissais l'originalité de ses remarques, leur mise en œuvre m'obligea à réaliser (c'est littéralement le conseil qu'elle me donnait) « un triple salto arrière ».

Vu la différence d'âge et de sexe, l'expérience me laissa exsangue.

Là où j'avais mis une dizaine de jours à écrire la première mouture, la version amendée me monopolisa durant les deux mois d'été.

La présente édition rassemble donc les deux versions du texte ainsi que le mail de la lectrice.

Un Christ encore tiède

Mentir à des parents communistes lui a toujours semblé tenir de la trahison.

Un point de vue qui impliquait moins le respect filial que cette curieuse inclination dont ses parents continuaient à faire preuve en se revendiquant encore et toujours marxistes-léninistes. Leur engagement était si incongru, si romantique, en somme si délicieusement obsolète qu'elle ne tenait pas à mettre en péril le fragile équilibre avec un geste aussi contre-révolutionnaire que le mensonge. Pour Antonia B., il s'agissait moins d'une règle que d'un préalable. On ne ment pas à des parents communistes, au même titre qu'on ne donne pas de cacahuètes à un enfant de moins de trois ans ou qu'on ne passe jamais entre l'hippopotame et le point d'eau où il a l'habitude de s'abreuver.

Cette fois, pourtant, elle ne voyait pas comment y échapper.

Un master en philologie germanique, complété par une spécialisation sur Brecht et le théâtre en ex-RDA, ne la destinait pas à passer ses journées face à ce gisant du XVIe siècle. Du moins en principe. Si l'engagement temporaire dans ce musée belge ne présentait à ses yeux rien de honteux, elle le savait inconcevable pour ses géniteurs, toujours viscéralement attachés aux valeurs de la cinquième Internationale. Comment pourrait-elle justifier cette immersion dans une collection dont la presque totalité des œuvres faisaient, à coups de martyrs dorés à la feuille et de châsses polychromes, l'apologie de ce dont ils avaient toujours voulu la protéger ? Si la référence à l'opium du peuple conservait de son actualité – il n'y a pas de doute –, mis au courant de la situation, leur fille leur serait apparue comme transfuge. Réactionnaire. Définitivement perdue pour la lutte des classes. En somme, passée à l'Ouest.

L'Université était catholique depuis plus de 600 ans. Et les collections de son musée témoignaient largement de cette obédience. Pour Antonia B., la situation ne présentait pourtant aucune ambiguïté. Le tête-à-tête avec ce Christ (elle était bien forcée de reconnaître que même étendu, un Christ restait un Christ), avait pour seul objet de lui faire passer l'été loin de Lübeck tout en lui permettant d'effectuer son stage à l'étranger, nécessaire à son année de thèse. Les yeux posés sur ce miracle qui, pour un artiste de Basse Saxe né quatre siècles plus tôt, avait consisté à tailler dans le marbre une couronne aux épines d'une finesse vertigineuse, elle passait en revue les alternatives plus conformes à la dialectique du Parti. Après tout, elle pouvait mentir par omission. Non seulement il y avait quelque chose de modeste, de quasi prolétarien dans la fonction de gardienne, mais en plus, elle pouvait se contenter d'évoquer les pièces ethnographiques qui complétaient les collections. Elle en était certaine, ses parents ne verraient rien de contraire à ce qu'elle commente à des groupes de retraités belges la symbolique des grandes sculptures rituelles du Bas-Congo. Bien qu'ils n'aient jamais quitté les rives de la Baltique, ses parents entretenaient pour l'Afrique la fascination que suscitent chez les enfants les vitrines de Noël des grands magasins de la Breite Straße. Un idéal complexe, haut en couleur, dont l'attraction se révèle tout à la fois magique et inaccessible. Preuve de cette empathie avec le continent noir, l'étagère de leur salon où trônaient côte à côte la photo de Patrice Lumumba et un disque 33 tours des Chœurs de l'Armée rouge. Un vinyle sur la couverture duquel un colonel de l'armée de l'air, mains sur les bottes, se maintenait à 75 cm du sol depuis une bonne vingtaine d'années, lévitation politico-acrobatique qui, pour Antonia, ne prouvait qu'une chose : son père et sa mère n'avaient pas encore atterri.

Beau temps pour veiller un mort, songea-t-elle.

Animée par la surface du lac tout proche, la lumière dorée qui entrait par les bandeaux de verre aurait pu justifier à elle seule le nombre restreint de visiteurs. En cette période de l'année, le campus se retrouvait soustrait aux activités étudiantes. Si pas désert, en tout cas passablement dépeuplé, le béton brut des murs absorbant les rumeurs de ce qui persistait du monde pour n'en conserver qu'un écho mat. Une musique apaisante accompagnait sa lecture et accentuait, elle en était convaincue, les capacités de sa mécanique réflexive.

Le fait d'être attachée à la garde de cet être sans vie transformait ses heures de surveillance en un curieux stand-by, la maintenant dans un état de vigilance sereine.

Et puis, elle comptait insister sur ce fait : l'institution l'ayant engagée pour l'été lui avait fourni une tenue de fonction. Une jupe courte et une veste de lin bleu marine qui la faisaient ressembler à une réceptionniste de la Commerzbank. Ainsi qu'une chaise sur laquelle on l'autorisait à rester assise, pour autant que cela n'entame pas sa vigilance. Un siège (de Jules Wabbes, avait-on précisé, l'incitant à en prendre le plus grand soin) dont elle changeait régulièrement la position afin de modifier le point de vue que lui offrait le tombeau. À cet instant précis, les arcs gothiques qui en ornaient les faces latérales accentuaient à hauteur des reins la cambrure du défunt. Pour Antonia B., cela ne faisait aucun doute : depuis dix jours, l'ombre sous le creux lombaire s'était accentuée. Effet lumineux ou résultat d'un spasme qui lui avait échappé ? L'affaissement révélait un espace évidé et sensuel dans lequel, plus tôt dans la matinée, une femme avait glissé la main comme pour en évaluer la profondeur.

– Merci de ne pas toucher, s'il vous plaît !

Lancée de sa chaise avec une pointe d'accent, la mise en demeure avait été immédiate. Un réflexe animal moins justifié par le risque de dégradation que par quelque chose s'apparentant à de la jalousie. Les journées partagées avec le supplicié avaient créé entre eux une intimité qu'elle ne voulait pas voir troublée par les gestes déplacés d'une visiteuse, qui plus est trois fois plus âgée qu'elle.

Détail qui se révéla décisif : on l'autorisait à lire durant les heures de surveillance, pour autant que l'ouvrage soit en accord avec la nature des collections. Comme elle n'avait pas osé demander si le théâtre de Brecht faisait partie de cette catégorie, elle en avait masqué la couverture avec du kraft beige. Comme le disait sa mère, qu'une visite au musée berlinois de la Stasi avait passablement ébranlée, on n'était jamais trop prudent !

... pour la première fois à Francfort, en décembre 1926, dans une mise en scène de Melchior Vischer, La Noce

chez les petits-bourgeois (*Die Kleinbürgerhochzeit*) *témoigne de l'intérêt de Brecht pour les films de Keaton et en particulier pour* La Maison démontable *tournée six ans auparavant. Jeu de massacre écrit à la sortie de la Première Guerre, le texte s'avère…*

Pour ses parents, Buster Keaton était un cinéaste révolutionnaire au même titre qu'Eisenstein ou Dziga Vertov. Tout américain qu'il fut, ils lui trouvaient un flegme social, mais surtout un humour soviétique. Au terme des passages à intégrer à sa thèse, Antonia B. relevait les yeux sur le corps étendu et les y laissait circuler en un lent travelling subalpin. Moment suspendu durant lequel les informations s'organisaient dans son néocortex avec une redoutable efficacité. Antonia avait fini par considérer la blancheur satinée de la pierre comme une réponse à la pâleur de son propre épiderme. Elle était ravie de les savoir tous deux si bien assortis. Son attention restait occupée par la façon dont le linge qui lui couvrait le sexe prolongeait sa chute le long du ventre, si bas qu'elle se surprenait en le regardant à retenir sa respiration. Un linge des plis duquel émergeaient des hanches d'une étroitesse à la fois douloureuse et indécente. En apnée, le corps légèrement penché vers l'avant, elle ne pouvait soustraire son regard des veines rosées circulant sous la surface polie du marbre, drainant le corps alangui de ce jeune homme d'un sang quasiment visible. Un effet hyperréaliste. Terriblement sensuel.

– Wouaw !

Après avoir suivi la crête des côtes flottantes, ses yeux remontaient vers ce visage dont la gravité faisait de sa mort un événement récent. Si elle avait pu ne pas mentir à ses parents, elle leur aurait écrit : On m'a confié la garde d'un Christ encore tiède. Elle replongeait alors dans Brecht, maintenant entre l'index et le majeur la fiche statistique qui lui servait de marque-page. Le principe en était simple: un trait vertical par visiteur, à transformer en croix pour ceux qui demandaient des informations sur l'œuvre exposée. Les initiales de sa langue (NL/FR). Le niveau apparent de son intérêt (faible – moyen – élevé). Avec, sur la gauche, un espace destiné aux remarques éventuelles, dans lequel elle avait pris la peine de noter tout à l'heure: *Femme, âge incertain, comportement suspect nécessitant une mise en garde.*

Était-ce la proximité de ce corps jeune et musclé ou la fluidité avec laquelle il avait été sculpté? Elle n'en savait rien. Le linceul froissé sur lequel il reposait évoquait plutôt le désordre des nuits de noces. Son drapé houleux semblait attester d'un ultime sursaut de vie. Antonia B. n'avait jamais vu de mort. Elle en avait longtemps refoulé l'idée. En principe, ses parents se devaient d'être les premiers. Il y a entre la mort et le communisme quelque chose de naturellement héroïque qui, selon elle, justifiait de leur en laisser la primeur. Et voilà qu'elle se trouvait confrontée pour la première fois à la présence d'un corps sans vie. Celui d'un garçon mi-sémite, mi-latino, que des brutes avaient torturé à mort. Bien sûr, il ne s'agissait pas d'un vrai mort et pourtant, l'intensité de l'expérience était complète. Elle n'avait jamais imaginé que la vision d'un cadavre puisse être à ce point troublante. Accompagnant l'organisation de sa pensée, la beauté de ce jeune homme dont les paupières entrouvertes laissaient filtrer un regard éperdu, faisait écho à ce qu'il peut y avoir d'incandescent chez Brecht.

Spiritualité, abstraction, linéarité… autant de paramètres qui traduisent la sensibilité de la production sculptée rhénane du XVIe siècle.

De temps à autre, Antonia B. quittait sa chaise pour s'approcher de lui et contempler sa bouche. Elle venait arrêter sa main à quelques centimètres à la verticale de ses lèvres entrouvertes dans l'espoir de sentir le résidu d'un souffle qui lui en réchaufferait la paume. C'était dingue. Ces lèvres étaient les plus érotiques qu'elle ait jamais contemplées. Interminables. Soulignées (autre miracle) par un duvet extrait de la roche. Antonia avait beau y réfléchir, elle ne voyait pas comment elle pourrait résister à leur attraction. Pour la deuxième fois de sa vie, elle se retrouvait submergée par un sentiment dont l'intensité lui donnait la chair de poule. L'impression que ses jambes allaient se dérober sous elle, pendant qu'un courant d'air brûlant remontait entre le lin de sa chemise et la peau de son dos. La première fois qu'elle avait éprouvé ce trouble remontait à ses dix-sept ans. Une nuit dont elle se souvenait avec émotion comme de la première passée avec un homme. Ce soir-là, alors que ses parents assistaient à Hambourg à un congrès de soutien au prolétariat vénézuélien, elle avait contemplé un long moment le colonel de l'Armée rouge dont l'entrejambe avait dû être retouché pour en accentuer la virilité socialiste. Émue par cette puissance si joyeusement offerte, elle avait fini par embarquer dans sa chambre le disque 33 tours et en avait glissé la pochette sous ses draps avant de l'y rejoindre.

Aujourd'hui et pour la deuxième fois de sa vie, Antonia B. était amoureuse.

*

Le 14 janv. 2016 à 09:27, Anita <hello@anita_v.be> a écrit :

Cher Judas d'O.,

À propos de : *Un Christ encore tiède*, votre nouvelle parue dans le catalogue Perkins+Will :

J'espère que vous ne trouverez pas ma démarche idiote ou présomptueuse ; ou je ne sais quoi. Voire inadéquate.

Autant être franche : je n'ai aucune compétence en architecture. Je ne sais même plus comment cette revue m'est tombée entre les mains, je pense dans la salle d'attente du docteur Deschanxe, dermatologue à Nivelles. Je n'en suis pas certaine. Je sais seulement que je ne supporte pas l'idée que ce texte auquel je pense souvent depuis que je l'ai lu, soit considéré par vous comme un simple travail de commande, surtout une commande d'architecte, c'est-à-dire le texte d'un homme pour des hommes.

Ce matin, en avalant des trucs sucrés genre muffins, je l'ai relu et vous ai noté mes impressions.

J'espère que vous ne trouverez pas déplacé de vous soumettre quelques suggestions en vrac ; donner des conseils à un homme qui est traduit en autant de langues doit vous sembler déplacé ? Tant pis.

Après l'avoir relu, à chaud, je me suis dit…

En somme, comme je suis certaine que vous vouliez le faire initialement ; je rendrais le terrain plus mouvant, plus instable. Si limite qu'on aurait à tout moment peur de perdre le contrôle. Qu'il tienne sur un fil sans pour autant sortir de la route. Plus cru, pour qu'on culpabilise en le lisant.

Ce que je trouve : les jeunes filles, on leur pardonne tout. Ce serait donc bien plus tendu si le personnage d'Antonia était moins naïf. Voilà, plus impudique tout en restant absolument innocente.

Ce qui serait intéressant, c'est qu'on soit un peu plus dans la tête d'une jeune fille qui découvre et moins dans celle de Jésus.

C'est ça, pour l'instant, dans votre version, c'est la voix de Jésus qu'on entend et pas celle d'Antonia.

En résumé ; votre nouvelle m'est passée par la tête, la gorge, même par l'estomac, mais ça doit encore m'atteindre le bas du ventre jusqu'à l'entrecuisse.

C'est comme si la commande en question n'était pas arrivée à destination.

Ou bien était arrivée froide.

Pour réussir ça, il vous suffit de faire un triple salto arrière.

Bien à vous,

Anita V.

N.B. Je me demande si plutôt qu'Antonia, la fille ne devrait pas s'appeler Judas, comme vous. Je ne sais si c'est aussi un prénom féminin ; et même, vous pouvez vous en foutre. J'adore les filles qui portent des prénoms de garçon.

N.B.2. Pour ce qui est du titre, c'est pas mal ; mais pourquoi écrivez-vous à l'imparfait : c'est très ringard, l'imparfait.

*

Un Christ à découvert

Depuis toujours
tu trouves
(et ça n'a rien à voir avec ton prénom)
que mentir à ses parents
s'apparente à une forme
de dissidence ;
surtout si comme les tiens
ils sont communistes.

Non seulement,

tu trouves ça nul ;
mais c'est pour toi un préalable
qui tient moins
du respect filial
que de l'attachement
à cette lubie
dont ton père et ta mère
continuent à faire état
en se revendiquant marxistes-léninistes.
Contre toute logique.
Encore et toujours.
Ça te fait sourire.
Marïte dit que chez toi
le sourire
et les yeux plissés
c'est comme le jaune sur les flancs
de la chenille processionnaire,
un détail sans lequel
ce ne serait pas une chenille processionnaire.

Tu baisses les yeux
sur la peau claire et mate
de tes genoux.
Tu te rappelles
le teint hâlé
et les cheveux dépigmentés par le chlore
au retour des camps de la YCC.
Marïte Henriksson,
Bo Grass,
Erika Rapace…
c'est durant ces camps d'été
que tu as fait leur connaissance.
Pour tes parents
il s'agissait
d'un bronzage

de pionniers.
Un bronzage réellement insurrectionnel !

À t'entendre
ton père et ta mère
font partie de la stratosphère ;
d'une réalité au-dessus de la réalité.
Comme lancés depuis Baïkonour
et puis mis sur orbite.
Il y a dans leurs choix idéologiques
une forme incongrue
de romantisme,
une équation démodée,
une écologie fragile,
toute une série d'agencements
dont tu ne tiens pas
à troubler l'équilibre.
Surtout pas
avec un truc aussi bourgeois
que le mensonge.

Tu ne transpires pas.
Jamais.
Tu mâches un Haribo Weinland
et la gomme au vin
te soude un moment les mâchoires
avant de céder
avec un léger chuintement.

Il s'agit d'un principe
que tu n'hésites pas à qualifier
de « rouge » :
on ne ment pas à des parents communistes
au même titre qu'on ne prend pas d'aspirine
durant ses règles

ou que Ziggy Lindehl
le fils de tes voisins,
préférerait mourir
plutôt que de révéler les lieux où,
en automne,
il trouve des champignons.

Cette fois pourtant
tu ne vois pas comment y échapper.
Tu vas mentir.
Tu vas dire où tu cueilles,
même si en fait tu n'as jamais
accompagné Ziggy
aux champignons.
OK, Ziggy est un garçon sympa
mais il a les doigts tout jaunes
et tu ne veux pas
tomber amoureuse
d'un type qui va sans doute
mourir à trente ans
d'avoir trop fumé.

Cette fois,
tu vas prendre de l'aspirine
au risque de voir tes règles
tourner à l'hémorragie.
Comme pour accompagner
la perspective
de cette trahison
tu poses le regard sur la zone de tes cuisses
où ta jupe trace une frontière
entre toi et le reste du monde.
Tu trouves que
leur consistance
ressemble à celle des cailloux

et ça
c'est vraiment bien.
Ton rêve
serait qu'un jour,
un garçon
te parle de tes cuisses
en les comparant
à des galets.
Ce serait
le plus beau compliment
qu'on pourrait te faire.
En tout cas
le plus sexy.

En principe
l'anthropologie
ne te destinait pas
à passer tes journées
face à un gisant du XVIe siècle –
même complétée dans ton cas
par une spécialisation
en éthologie
dans le domaine des phénomènes
d'inséminations traumatiques.
Rien ne te prédisposait
à côtoyer de près
ce genre de jeune gars épilé
étendu comme on en trouve
sur les plages de Tel-Aviv
ou dans les centres de bronzage artificiel.
Ce surfeur
au repos ;
une plaie ouverte
côté droit
juste sous les côtes flottantes.

Tu ne transpires pas
jamais
et tu ne sais rien des Juifs
si ce n'est
la fascination parfois critique,
qu'entretiennent tes parents
à leur égard.
Un genre
particulier
d'amour/haine
dont tu n'as jamais cherché
à dénouer
l'écheveau.

La situation étant ce qu'elle est,
tu n'éprouves qu'un embarras relatif
à l'idée
d'être assise à cet endroit.
Tu te sens légère
lisse et joyeuse.
En phase avec les ondes concentriques
qui animent la surface
du lac de LLN
et dont l'effet hypnotique
te rappelle le serpent Kaa
de Walt Disney.

Tu éprouves une excitation
peu germanique
(dans la région de Lübeck
on redoute
comme la peste
toute forme de débordement)
à te retrouver dans une situation
aussi inadmissible.

À la manière des accouplements létaux
de certaines araignées,
tu avales ce qui reste du Haribo
et expulse un sifflement.
Tu te surprends
à produire
quelque chose
qui s'apparente au cri
du huîtrier pie.
L'air tiède
que tu expires
vibre
et te brouille un instant la vue.
L'ascendance qui s'ensuit
te ramène,
tel un claquement d'aimant,
à la question initiale :
comment justifier à leurs yeux,
leurs yeux
toujours scotchés
aux valeurs de l'ex-URSS,
ta présence dans un musée comme celui-ci ?
Un musée imaginé
par des architectes yankees
Et ce tête-à-tête
avec ce Christ
absolument pas révolutionnaire,
mis à part
bien sûr
sa blessure à la poitrine.
Ce Christ néanmoins disponible
et comme déployé là
sous tes yeux
juste pour toi.
Tu trouves vraiment bien

qu'il soit à la fois
de marbre
et encore en expansion,
l'objet de micro-événements
indétectables
par d'autres que toi.
Il n'y a là
rien de contradictoire ;
bien qu'elles soient en cailloux,
un matériau non conductible,
tes cuisses
sont elles aussi
parcourues de frissons
qui les magnétisent.
Tu as toujours pensé
que tes cuisses
étaient
des radars.

Que tu puisses faire référence
à Disney
serait
pour ta mère et ton père,
inimaginable ;
eux pour qui
la RELIGION et WALT DISNEY
ont toujours fait partie
d'une même nébuleuse
impérialiste.

Son immobilité
(d'après toi,
vivant,
c'est le genre de garçon
à porter la barbe

et à rouler sur un vélo à pignon fixe)
n'est pas tant liée
à sa nature sculpturale;
ni à sa minéralité.
Ce serait plutôt,
comme en atteste
la fraîcheur de la plaie,
qu'il paraît à peine mort.
Tout juste, dis-tu.
Sous sa pellicule de roche
tu pressens une chaîne d'organes
encore tièdes,
pareils aux tiens.
Tu en imagines
l'organisation nerveuse;
les flux
et donc les sursauts proches
de ceux qui te traversent.

Le mieux pour eux,
pour tes parents,
serait qu'ils conservent
leur altitude supraréelle.
Tu as beau t'en amuser
tu redoutes
plus que tout
une rentrée dans l'atmosphère qui,
à l'image de la station Mir,
les ferait
se désagréger.
L'idée de te retrouver
avec des parents
en mille morceaux
ne te fait absolument pas rire.
L'analogie pourtant

leur parlerait.
En effet,
la fin de la station spatiale russe
fut pour eux
la première grande déception
du XXIe siècle.

Après avoir contourné
ses cheveux
collés dans la pierre
par la transpiration,
ton regard
frôle
sa nuque de martyr,
descend
sur le flanc gauche
et s'arrête un instant
sur la blessure
dont les arêtes
sont soudées
par la coagulation.
Tu n'en reviens pas
qu'on ait pu,
il y a quatre siècles,
tailler dans la pierre
un sang si frais.
Exactement
comme s'il avait pris
de l'aspirine
juste avant
sa montée
au Golgotha.

Après en avoir évalué la cicatrisation
tes yeux

s'en affranchissent.
Sans que tu puisses
rien y faire,
ils glissent
sur les hanches
du garçon qui,
sous les muscles
de l'abdomen,
lui creuse le bas-ventre.
Elles font une cuvette
dont les versants
sont reliés –
à la manière d'un pont suspendu –
par une corde de chanvre
qui lui ceint la taille.
Une corde
qui maintient
en suspension
le linge
lui couvrant
l'entrejambe.
Un frisson te parcourt les reins.
Tu n'as jamais imaginé que,
tout comme dans
les romans policiers,
la sculpture pouvait
entretenir
une part de suspense.
Tu arrêtes soudain
de mâcher.
Le détail t'avait échappé
jusqu'ici :
ciselés dans la pierre,
la corde et le nœud qui la fixe,
semblent sur le point de céder

sous le poids du tissu.
En plus d'inscrire la scène
dans un temps arrêté,
la lévitation
dont le drap fait l'objet
le découvre
plus qu'il ne le masque.

Et quand soudain
la buée
t'emplit les yeux,
tu es furieuse.
Tu te trouves absolument lamentable.
Tu fais honte
à tout ce que tes parents
ont tenté de…
(tu ne trouves pas le mot)
…
Tu es bien forcée
de reconnaître
que ta spécialisation
en éthologie
dans le domaine
des inséminations traumatiques
t'a peu préparée
à la vue d'une corde
nouée de manière
à ce point indécente.

Le sang s'est arrêté
de circuler en toi.
Tes genoux sont si pâles
qu'on les dirait talqués,
prêts pour une opération
de moulage.

Tu y poses les mains
question de reprendre tes esprits
et tu t'inclines
dans une attitude d'expert
en balistique.
Tu te laisses porter
par les gestes précis
qui ont permis au sculpteur
de tailler des épines de pierre
fines comme des cure-dents,
plus fines que des cure-dents,
et une corde
si réaliste
qu'elle semble
prête
à se lester du tissu
et à glisser
le long de son torse.
Tu es certaine que,
conscient de cette éventualité,
l'artiste
a pris la peine
de lui sculpter un
sexe par-dessous.

Comme en toutes circonstances
tu restes la fille
de tes parents,
tu te reprends
et tu passes en revue
les alternatives
plus conformes
à la dialectique du Parti.
Tu ne veux pas les trahir.
La trahison

te ramène toujours
à ce curieux prénom
qu'ils t'ont donné.
Prénom qui jusqu'ici
t'a toujours assuré
un certain succès.
Porter
un prénom de garçon
t'oblige à avoir
une classe particulière.
Et porter celui d'un traître
provoque un saisissement
dont tu ne te lasses pas.

Et puis
après tout,
tu peux
ruser avec la vérité,
ne pas mentir en tout
mais en partie.
Mentir
est de toute façon
moins grave
que tricher.
D'abord il y a
dans la fonction de gardien
une forme de modestie
prolétarienne.
Ensuite
tu peux très bien
te contenter d'évoquer
les pièces ethnologiques
de la collection.
Tu en es convaincue,
tes parents

(tu ne dis jamais tes vieux
comme le font Bo Grass et
Erika Rapace)
ne s'étrangleraient pas
à l'idée que tu commentes
à des groupes de retraités
ou de touristes,
la symbolique
des grandes sculptures initiatiques
du Bas-Congo.

Bien qu'ils n'aient jamais quitté Lübeck,
tes parents adorent l'Afrique.
Ils l'ADORENT !

Comme la salle est déserte,
tu en testes l'écho
en lâchant le mot
AFRIQUE
à haute voix ;
à leur manière ;
avec plusieurs « R » au milieu.
Ça donne quelque chose comme
AFRRRIQUE !
Ils entretiennent à l'égard
du continent noir
une fascination qui s'apparente
à celle de Popeye
pour les épinards.

Toi, c'est différent.
Le fait de ne jamais transpirer
te rend l'Afrique abstraite.
Pour toi
l'Afrique est une chose

désespérante ;
sujette aux endémies
et à l'accouplement mortel
de mouches hématophages.
Mais pour eux,
l'Afrique renvoie
à un idéal magique,
complexe et utopique.
La violence
capitaliste
que le Nord ;
en ce compris
l'Allemagne
lui fait subir,
tient pour eux
de l'innommable.
Quand tu avais douze ans,
tu as vu ton père se mettre
dans une rage dingue
devant une sculpture
de l'ethnie fon
qu'un antiquaire
de la Breite Straße
avait transformée en porte CD –
en y opérant
à la scie sauteuse
une succession
d'ouvertures horizontales.
Ton père a hurlé
dans la boutique
affirmant que ceux qui achetaient
ce genre de merdes
étaient les mêmes tarés qui,
à Blistorf ou à Barnitz
transformaient leurs cruches à lait

pour s'en faire des boîtes aux lettres.
Ce jour-là,
tu as cru
qu'il allait s'étrangler
de fureur ;
que tu allais le perdre
à tout jamais.
La foi de tes parents
placée dans le panafricanisme
est allée jusqu'à produire un mausolée
sur l'étagère
de la salle de séjour
où trônent côte à côte,
aujourd'hui encore,
la photo de Patrice Lumumba
et un 33 tours des Chœurs de l'Armée Rouge.
Un vinyle qu'ils ont conservé ;
bien qu'ils n'aient plus la platine
qui permet de l'écouter ;
et sur la pochette duquel
un colonel
jambes écartées
et mains sur les bottes
se maintient en l'air
depuis une vingtaine d'années.
En fait,
tu l'as toujours connu là.
Après avoir vu
dans ses jambes ouvertes
une pose vaguement vulgaire,
ce militaire en apesanteur
est devenu pour toi
une métaphore
d'ordre politico-acrobatique.
Comme lui

tes parents
n'ont toujours pas
remis pied à terre.

L'organisation
des taches de rousseur
qui te couvrent le visage
est complexe.
Parfois même instable.
Leur distribution s'apparente
à celles
des concentrations d'étourneaux
qui en début de migration
produisent
des nuées hypnotiques.
Parfois tu lâches
un soupir
dans lequel tu recherches
la trace salée des Kessel Chips.
Tu trouves curieuse
la façon dont
en juillet et en août
les villes universitaires
se déconnectent de leur fonction savante.
Louvain-la-Neuve
(où par ailleurs tu as trouvé à te loger)
n'échappe pas à la règle.
Son piétonnier
est déserté
au point d'en devenir
saugrenu.
Tu es bien forcée de reconnaître
que dans ce contexte,
le musée du Dialogue
et sa quarantaine de visiteurs quotidiens

assurent à ta situation
un calme qui touche au recueillement.
Bien que le phénomène
Ne soit pas quantifiable,
tu en es convaincue,
le silence laiteux
qui règne ici
t'aide
à penser mieux,
plus vite
et surtout plus loin.
Si la ville est devenue fantôme,
le lac ne t'a jamais paru
si présent.
Si implanté.
Animée par sa surface,
la lumière tourne sur elle-même,
suit les articulations de ton esprit
revient sur ses pas,
pénètre par les baies vitrées
et finit par mourir
dans de larges stores
en nid-d'abeilles.
Une frontalité
de crash aérien
accompagnée
d'un bruit de ouate.
Être payée
pour rester à l'ombre
durant ces heures de forte chaleur;
que pourrais-tu
rêver de mieux?

Toi qui prétends ne jamais transpirer,
toi dont la peau claire

semble n'avoir pour fonction
que d'attester tes origines nordiques,
coudes sur les genoux
et visage dans la paume des mains,
tu le dévisages
encore et encore.
Vu de ce côté,
son relâchement
n'a rien de christique.
On le dirait étendu
sur la table de massage
d'un hammam.
Tu te surprends à lui sourire.
Mais tu te redresses aussitôt
comme prise en défaut.
Tu passes la main
à la base de ton cou,
là où s'arrête net
la vague
de grains de beauté
qui te couvrent le visage;
là où subitement
ton corps s'arrête
d'être une voie lactée.
Celles et ceux
qui t'ont vue torse nu,
ont tous été l'objet
du même moment de saisissement.
Ton amie Ingritt Bälen
parle à leur propos
d'une ligne de flottaison.
Erika Rapace prétend
que tes taches de rousseur
dessinent sur toi
un essaim;

qu'un jour tu as dû être
la cible
d'un tir de chevrotine.
Leur cartographie
s'arrête sur une ligne droite
à hauteur de tes clavicules.
Une frontière précise
en dessous de laquelle
ta peau est uniforme.

Il flotte ici
un parfum
qu'en principe
on n'a aucune raison
d'y trouver.
Quelque chose comme une odeur
de laine coupée.
D'herbe.
De tilleul.
De gaz de mobylette.
Une odeur belge, dis-tu.

Tes grains de beauté
sont un mystère
devant lequel
même le docteur Deschanxe
qui est dermatologue à Kücknitz
et te suit depuis l'enfance,
est bien forcé de reconnaître
ses limites.
La démarcation
entre la partie de ton corps
qui en est couverte
(ton visage, ton cou)
et celle qui en est dépourvue

(tout le reste)
fait de toi –
toujours d'après le docteur Deschanxe –
un cas de mélanocytaire rhizomique
des plus singuliers.
Il t'a toujours incitée à suivre
leur migration.
Il t'exhorte à les compter et
à en relever
les déformations.
Chacun de tes passages
à son cabinet
fait l'objet
d'une longue séance
de photographie.

Il y a deux jours
un enfant
dans les cinq - six ans,
avec une curieuse casquette
à damier
et un teeshirt
Hi, how are you?,
a dit à sa mère
en désignant le jeune mort :
« Regarde, Maman,
Blanche Neige ! »
La mère a eu l'air gênée.
tu as tiré sur ta jupe
en faisant semblant
de ne pas avoir entendu.

À ce propos,
tu comptes insister sur ce fait :
le musée

t'a fourni
une jupe courte
et un chemisier en lin bleu marine
qui te font ressembler
à une héroïne
de manga.
Ainsi qu'une chaise
sur laquelle
on t'a autorisée à rester assise.
Chaise que tu changes
régulièrement de place
juste pour le plaisir
d'être panoptique.

De là où tu es
la distance qui te sépare du tombeau
en accentue les lignes futuristes.
Sous cet angle
le travertin
prend un aspect
quasi métallique.
L'ombre
sous le sacrum
rend la pose
plus lascive.
Mis à part
la blessure au torse
il pourrait passer
pour un pionnier ;
un élagueur au repos
dans une scène de kolkhoze
comme tu en as collé
des dizaines dans tes carnets
d'éducation civique.
Mais là,

il y a la plaie
et sous la plaie
l'affaissement
qui souligne de façon
suggestive
la cambrure des reins.
Comme si dans
un dernier mouvement de défi
ce type avait offert son torse
à la lance
du centurion.

Dans la matinée
une femme
complètement idiote
lui a effleuré les côtes
comme pour évaluer
tu ne sais quoi.
Le cri animal
que tu as poussé
est monté haut dans les aigus ;
il t'a échappé
comme le mercure d'un thermomètre.
Moins justifié par la sécurité
que par un accès
de jalousie.
Les heures passées
à son chevet
ont installé entre vous
une intimité
que tu ne tiens pas
à voir gâchée
par les gestes
d'une débile
qui devait avoir

deux fois ton âge.
Elle t'a regardée surprise.
avant de faire un pas de côté.
Tu as continué à plisser les yeux
un moment
pour maintenir la pression.
Lorsque l'autre a quitté la salle,
une bouffée de chaleur
t'a envahie
transformant l'espace
entre tes jambes
en une zone
tellurique
moite et sensible.
Tu as été
d'objet d'un
haut-le-cœur.

D'aussi loin
que tu te souviennes,
tu as toujours associé
les moments
de forte émotion,
avec le déplacement
des taches rousses
qui criblent tes joues,
ton front,
ta nuque.
La colère,
la douleur intense,
la peur panique
te transforment
en « boule à neige ».
En lévitation
sur ta peau

elles subissent alors
un véritable effet
de bourrasque.
Seul l'apaisement
leur fait retrouver
leur distribution
initiale.
À ceux
qui mettent en doute
ce phénomène,
tu évoques
le cas d'un plant
de menthe poivrée
que ta mère
avait repiqué
sous les fenêtres de votre cuisine,
et qui sept ans plus tard –
l'effet rhizomique aidant –
s'était retrouvé
dans le fond
de votre jardin.
Tu dis qu'à l'image
des troupeaux
de brebis
tes taches de rousseur
sont sujettes
à la transhumance.

On t'autorise à lire durant le service
pour autant
que l'ouvrage
ne dénote pas
dans le décor.
...
La littérature

du docteur Lenz,
en accord avec le contexte ?
Faute d'en être certaine
tu en as
masqué la jaquette
en la couvrant de kraft beige –
comme dit ta mère
qu'un récent voyage
à Budapest a perturbé :
On n'est jamais trop prudent !

Chez les Manous de Nouvelle-Guinée, les relations sexuelles normales, notamment entre époux, échappent au contrôle des esprits. Quant aux activités sexuelles entre frère et sœur, on les cache pudiquement, bien qu'elles n'entrent pas dans la catégorie à punir.

Au même titre que
la copulation létale
chez le canari huppé
les mœurs des Manous
sont au cœur de tes recherches.
Après avoir surligné
en fluo
les passages
à intégrer à ta thèse,
tu relèves les yeux
sur le corps assoupi
de ton héros.
Travelling
durant lequel les informations
s'organisent
avec une redoutable efficacité.
Un jour
tu as prétendu à Erika Rapace,

la sœur d'Erland,
avoir un cerveau érogène.
Sans être certaine de comprendre,
elle t'a regardée
avec envie.

Le béton brut des murs
absorbe les rumeurs du monde
pour n'en conserver qu'un écho linéaire ;
une musique apaisante
qui accompagne ta lecture
et convoque
tous les ressorts de ta pensée.
Jamais tu n'as eu
à disposition
un cerveau
si efficient.
La nature de celui que tu veilles
plonge ces moments de surveillance
dans une sorte d'euphorie.

La pierre des Alpes
celle de Monte Pisano
est connue
pour sa blancheur mortelle.
Question épiderme,
tu es ravie
que vous soyez tous deux
si bien assortis.
Tu regardes sa gorge.
Tu as l'impression que
c'est à cette hauteur
que doivent se concentrer
les ultimes indices de vie.
En tout cas,

dans les vieux épisodes
d'*Urgences*
c'est toujours là
que George Clooney
posait la main.
Tes parents s'étrangleraient
À l'idée de t'entendre évoquer
cette série.
Tu penses que
s'il déglutit,
le nœud
à ses hanches
cédera.
Tu en arrives à redouter
le dernier battement
visible dans la carotide.

La façon dont le suaire
lui couvre le sexe
et se prolonge
au-delà du ventre
te rappelle une discussion
surprise à l'époque des camps d'été
sur le lac Balaton :
trois éclaireurs
qui t'imaginaient
trop jeune pour comprendre
se disputaient
sur une question anatomique.
L'un d'eux
qui s'appelait Vaack
prétendait mordicus
qu'un homme en train de bander
pesait plus lourd
qu'un homme au repos ;

qu'il fallait ajouter
à son poids initial
celui de son membre en érection.
Les deux autres se frappaient le front
en hurlant sans pour autant
avancer de contre-arguments.

Accompagnant l'organisation
de ta pensée,
le regard serein
qui filtre
entre ses paupières
mi-closes
paraît s'amuser
de ton trouble.
Tu ne tiens plus sur ta chaise.
Tu penses que marcher
t'aidera à remettre
tes idées
en place.
Tu fais deux fois
le tour de la salle.
Le badge épinglé
bat sur ta poitrine
comme les médailles
sur celle d'un dignitaire soviétique.
L'air frais se remet à circuler
sous ta chemise
et en décolle
les pans soudés à toi.
Tu t'approches
et contemples sa bouche.
Tu tends le bras et arrêtes la main
à la verticale
de ses lèvres.

L'espoir de sentir
le résidu
d'un souffle ?
Elles sont les plus impudiques
que tu aies jamais vues.
Les plus interminables.
Soulignées par un duvet
ciselé dans la roche
poil par poil.

Tu as beau y réfléchir,
tu ne vois plus comment résister
à leur attraction.

Tu vas rechercher ta chaise
et la rapproches de lui
comme le font
les médecins de campagne.
Des plis du linge
émergent ses hanches
désaxées
mais puissantes.
Retenant ta respiration,
le buste penché sur lui,
tu fixes
les veines
qui y drainent une activité
que tu trouves
terriblement séduisante.

Nouveau soupir :
Wouaw…

Aux paramètres
qui caractérisent

la sculpture renaissante
il faudra donc ajouter
le péché.
Si tu pouvais ne pas mentir
à tes parents
tu leur écrirais :
On m'a confié la garde
d'un « camarade » encore tiède
Plus âgé que moi
de dix ans
– dix ans est
selon toi
une différence idéale
entre amants.
Mais le mensonge
comme le péché
sont des concepts
auxquels ta mère et ton père
ne t'ont pas habituée ;
des notions étrangères
à cette envie
qui te travaille
de relever ta jupe
et de t'asseoir
sur ce corps disponible ;
d'en expérimenter
en lui chevauchant les hanches
le contact frais et dur.
Éprouver enfin
le supplément de poids
des hommes qui bandent.
Tu es submergée
par cette folle idée
que le nœud
pourrait se défaire sous toi.

Court vertige.
Pour échapper
à la tentation,
tu replonges
dans l'ouvrage du docteur Lenz
maintenant entre les doigts
la fiche statistique
qui te sert de marque-page :
– un trait vertical par visiteur
– une croix pour toute demande d'informations
– les initiales de la langue
(flamand – français – autre)
– le niveau apparent d'attention
(faible – moyen – élevé).
– les remarques éventuelles
…

Plus tôt dans la matinée
tu y as consigné
le geste déplacé
de la touriste
et la mise en garde
que tu lui as lancée.

Tu soupires à nouveau.
Ses longs doigts
aux ongles
finement polis
donnent l'impression
d'avoir cherché
en mourant
à se dégager
du linge.
OK, Ziggy est un garçon sympa
mais lui a les doigts jaunes

et si tu n'imagines pas
tomber amoureuse
d'un garçon qui va
mourir à trente ans
d'avoir trop fumé,
la simple idée de
ses doigts jaunes
circulant en toi
ranime la phobie
que tu entretiens
à l'égard
des vers solitaires.

Le linceul froissé
sur lequel il repose
évoque le désordre
de la danse ;
une chose houleuse
qui voudrait attester
un ultime frémissement de vie
et donne à son supplice
une totale actualité.
Problème :
tu n'as jamais vu de mort.
C'est comme si tu avais promis
à tes parents
d'être les premiers.
Et voilà
que ta promesse part en vrille ;
tu te trouves
face à un jeune éphèbe
que des salauds ont
laissé dans un sale état.
Bien sûr
ce n'est pas un vrai mort

pourtant
l'intensité de l'expérience
est totale.

Pour la deuxième fois de ta vie,
tu te retrouves submergée
par un sentiment
dont la crudité
te donne la chair de poule.
L'impression qu'une digue en toi
va céder.
Pendant qu'un courant polaire
remonte entre le lin
et la peau de ton dos
tu passes en revue
les étapes de ta propre dissolution.

La première fois
que tu as éprouvé
ce trouble liquide
tu devais avoir quatorze ans.
Une nuit
dont tu te souviens
comme d'une révélation.
Ce soir-là,
alors que tes parents communistes
passaient deux jours
tu ne sais plus où,
(congrès de soutien
à la théologie de la révolution)
tu as accompagné Erland Rapace
(le frère d'Erika)
jusqu'au bord du Trave
La plage
était déserte.

Alors que vous étiez accroupis
dans l'obscurité
tu lui as dit :
Merde !
On mérite mieux que ça !
Et quand il t'a demandé,
Mieux que quoi ?
tu lui as répondu :
Mieux que vivre dans une ville qui a donné son nom
à des cônes de signalisation !

Erland a éclaté de rire.
Il a désigné en se relevant
l'espace immense du fleuve
Et vingt secondes plus tard
il courait nu
vers les eaux glacées
en te criant de le rejoindre.
Vous avez nagé côte à côte.
Et bien que l'obscurité
ait fait de l'expérience
un moment aveugle
tu t'en souviens
comme d'une étreinte.

Tu as toujours pensé
que tes cuisses
étaient comme ces anguilles
qui à la veille des séismes
envahissent les plages japonaises.

Aujourd'hui et pour la deuxième fois de ta vie
tu es prête à tout.
Ou presque.

Note de l'auteur :

En 2006, un généreux mécène, Jean Peterbroeck, fondateur de la société de bourse Petercam et diplômé de l'UCL offrit dix millions d'euros pour la construction d'un nouveau musée sur le campus de Louvain-La-Neuve. En 2008, sur la base d'un concours international auquel trente-huit projets furent présentés, c'est celui du bureau américain Perkins+Will associé au bureau belge Émile Verhaegen qui fut choisi· Ce nouveau musée de 5 000 m^2 aurait dû voir le jour en contrebas de l'Aula Magna, avec une vue superbe sur le lac. Cette construction basse énergie, tout en courbes afin d'épouser les contours du lac, aurait été dotée d'une toiture végétale inclinée. L'UCL chercha alors des dons supplémentaires pour arriver à un budget total de 18 millions d'euros.

À cette époque, je fus réellement approché par les architectes pour écrire une nouvelle sur ce musée en devenir. En octobre 2011, alors que j'en achevais la rédaction, l'université obtint enfin le permis d'urbanisme. C'est alors que la famille Peterbroeck annonça le retrait de son don, entraînant l'abandon du projet.

Le musée ne vit jamais le jour.

Et ma nouvelle ne fut jamais publiée.

Ma nuit avec Hercule Poirot

À Maurice Maeterlinck et à
La Vie des Abeilles *qui fut longtemps*
mon livre de chevet.

J'ignorais tout de ce qu'avaient pu être ses orientations sexuelles et pourtant, à ce stade, j'étais déjà, comme qui dirait, assez content du titre. J'en aimais le caractère ambigu. Ce côté racoleur qui allait conditionner l'attention du lecteur, en tout cas dans les premières pages, le ou la poussant à se demander qui donc était ce type qui prétendait avoir passé la nuit, et peut-être même avoir couché avec le fameux détective. Un des personnages les plus célèbres de la littérature mondiale. Plus connu que Jésus Christ et John Lennon réunis.

Ma nuit avec H.P.

Un titre qui aurait de la peine à tenir sa promesse au-delà du troisième paragraphe mais qui, bien que déceptif, portait un programme dont l'intérêt me semblait ne faire aucun doute. En gros, j'étais prêt à assumer la déception de ceux et celles qui me liraient lorsqu'ils comprendraient qu'il ne s'agissait pas d'une nuit passée à forniquer, mais d'un projet de roman sur les années belges d'Hercule Poirot. Un projet qui, en octobre 2020, me monopolisa une nuit durant avant d'être abandonné au petit matin.

À l'époque, et bien que plusieurs fois nominé, mon dernier roman venait de rater toute une série de prix littéraires plus ou moins prestigieux. Je me retrouvais frustré et aigri, animé par un détestable sentiment de revanche. Je pensais arrêter d'écrire pour me consacrer à quoi que ce soit qui puisse m'occuper sans que j'aie à produire de la surprise et du coup d'éclat. Parmi les activités palliatives auxquelles je songeai, celle de visiteur de prison me parut sinon la plus sexy, en tout cas la plus gratifiante. Je ne sais pour quelle raison, j'en aimais le côté à la fois christique et sulfureux. En tout cas au début. Je veux dire, avant ma première visite à Lantin. Une fois sur place, j'en fus moins convaincu. En dépit de mon intérêt pour l'univers carcéral et malgré un Xanax entier – en principe je n'y ai recours que par demi-comprimé –, la violence du lieu me tétanisa au point de ne pouvoir échanger le moindre mot avec le seul détenu avec lequel je fus mis en présence. Il ne sembla pas plus déçu que cela, comme si, de toute façon, il n'espérait rien de notre entrevue. Dès la première visite, ma claustrophobie maladive me fit abandonner le projet.

Dans la foulée, j'envisageai successivement le rafting, la fauconnerie et l'accrobranche. Autant d'activités d'extérieur que la météo pourrie de cet automne fit passer à la trappe. Je pensai alors me rabattre sur des cours d'apiculture par correspondance. L'idée de circuler dans mon quartier en combinaison Naturapro double-zip avec chapeau, voile astronaute et gant antivenin me galvanisa. J'avais l'espace nécessaire à trois ruches au moins. Peut-être quatre. Et la perspective d'offrir mon propre miel à mon entourage me sembla atteindre (au même titre que la tradition inuite de céder sa fille pour la nuit au voyageur de passage) le stade ultime de l'altruisme. Mais la difficulté que j'éprouvai à m'inscrire en ligne à la session de cours vint mettre un terme à ce projet de reconversion.

J'en revins donc à l'écriture, la seule chose que je sache faire. En tout cas sans effort.

C'est en fin de journal télévisé que, ce soir-là, sous la forme de ce qu'on appelle dans le métier un « décrochage régional », une journaliste évoqua en direct de Bertrix le centième anniversaire d'H.P., soulignant la place essentielle qu'il occupait dans l'œuvre d'Agatha Christie, tout en rappelant dans la foulée ses origines belges. Grâce aux recherches croisées d'un historien anglais et d'une assistante sociale habitant Libramont, on connaissait à présent le nom du gendarme qui avait inspiré la romancière, ainsi que les conditions de leur rencontre.

Jacques-Joseph Hamoir, c'est de lui qu'il s'agit, naquit dans une ferme de Biourge en 1860 – année qui, comme le précisait la journaliste, était également celle de l'ouverture du Jardin d'acclimatation de Paris et de l'élection d'Abraham Lincoln. Après avoir fait une carrière complète de gendarme à Fléron, tout près de Herstal, Jacques-Joseph Hamoir profita de sa mise à la pension pour quitter la Belgique en proie aux affres de la guerre et fuir vers l'Angleterre. C'est sans doute par Calais qu'en janvier 1915, il quitta le pays. La suite, c'est la romancière elle-même qui, dans ses mémoires, en faisait état : en 1917, alors qu'elle visitait un centre de réfugiés belges de la région de Torquay, au sud du pays, son attention fut attirée par l'attitude quelque peu maniérée de ce dandy à moustache d'une cinquantaine d'années.

Durant une vingtaine de secondes, la photo de Jacques-Joseph Hamoir emplit l'écran de mon téléviseur d'une teinte ocre. Le gendarme en costume d'apparat, grenade et aiguillettes en évidence, y bombait le torse, affichant un air satisfait. Manifestement, il n'en avait pas fallu davantage pour qu'Agatha Christie tombe sous son charme. En 1920 et sans qu'on sache rien des relations tissées depuis cette première rencontre, elle le fit intervenir dans son premier roman. Entamant avec *La Mystérieuse Affaire de Styles* une aventure éditoriale de plusieurs décennies qui allait faire du petit gendarme belge son personnage fétiche.

Je ne suis pas un grand lecteur de romans policiers et honnêtement (c'est une désaffection dont je ne devrais pas me vanter) Agatha Christie n'a jamais réussi à m'intéresser. J'allais donc éteindre le téléviseur quand l'agencement de ces informations prit dans mon esprit la forme d'une révélation. D'abord diffuse, presque insidieuse, puis d'une intensité telle que je ne pus m'empêcher de pousser un juron. Au creux de mon estomac en expansion, l'évidence m'apparut si lumineuse que dans un premier temps, j'eus peine à croire que personne avant moi n'en avait eu l'idée. Les années belges d'Hercule Poirot. Quelque chose qui sonnait a priori comme un oxymore. La combinaison paradoxale d'un petit pays prosaïque et d'un des personnages les plus célèbres du XXe siècle. J'imaginais d'emblée un grand roman d'initiation, telle la pièce manquante d'un puzzle qu'une quantité d'écrivains avaient déjà tenté d'achever. De sa naissance dans le Luxembourg à son départ pour l'Angleterre, 57 ans plus tard. Avec, au passage, des détails inédits sur son enfance à proximité du château de Gerlache. Entre un père âgé et alcoolique, une mère adorée et une jeune sœur mongolienne – c'est le terme qu'on utilisait à l'époque. Mais voilà que je commençais déjà à broder, comme j'imaginais pouvoir le faire en relatant ses années à l'école de police, tête de Turc d'une promotion dans laquelle il était connu sous le sobriquet d'« Hamoir à pharmacie ». Ahaha, je tenais là quelque chose d'explosif! Suivi d'une carrière sans éclat dans la gendarmerie durant laquelle il investit une suspicion compulsive dans la surveillance des républicains, des socialistes et des étrangers aux « idées malsaines ». Et finalement, la Première Guerre mondiale qui le confina à un rôle de service d'ordre auxiliaire de l'armée, allant jusqu'à lui faire assurer, durant sa dernière année de service, la police des tranchées sur le front de l'Yser. En gros, une carrière terne guidée par un souci d'ordre et de confort et qui ne lui valut aucun avancement. En trente années de service, Hamoir ne réussit pas à se hisser au-delà du grade de maréchal des logis – titre auquel il ajoutait un « chef » qu'en réalité, il n'avait jamais réussi à obtenir.

J'étais surexcité. Je jubilais déjà d'en faire un mythomane fuyant la Belgique comme un lâche et s'inventant à son arrivée en Grande-Bretagne une blessure de guerre et une carrière de chef de la Sûreté à Bruxelles. La dernière page du roman évoquant, j'en avais déjà dressé le plan, une première poignée de main dont la romancière se rappellerait la moiteur un peu désagréable. J'exultais. Tout en s'appuyant sur sa renommée, mon entreprise allait dévoiler la face sombre du personnage et donc, apporter un point de vue résolument neuf sur les trente-deux romans dont il était le protagoniste. Je comptais sur mon imagination pour en éclairer les zones d'ombre. Il ne devait pas être passé 22 heures quand j'envisageai sérieusement d'en faire un officier de gendarmerie « retourné » par les services secrets ennemis. Un espion à la solde des Boches qui, envoyé en mission outre-Manche, se mêlait avec son fils dans le flot des réfugiés belges, à la recherche d'informations stratégiques. Un traître à son pays auquel les renseignements berlinois attribuèrent le nom de code de Blödmann. Ahahaha, Blödmann ! J'imaginai le malentendu : Hamoir s'enorgueillissant d'un cryptonyme qui, il en était convaincu, évoquait un homme prêt à faire couler le sang.

Un Blödmann qui, dans la langue de Goethe, ne signifie rien d'autre que « crétin ».

Je passai les heures qui suivirent dans un état d'excitation proche de celui de l'archéologue sur le point d'exhumer la mâchoire d'un iguanodon. Sur mon clavier, mes doigts ne parvenaient pas à suivre le cours de ma pensée, chaque nouvelle information glanée sur Internet apportant la confirmation de mon intuition. Mon absence de légitimité me semblait mon atout majeur. Loin de me décourager, la quantité de matière à défricher me grisait. Le sang affluait à hauteur de mes tempes. De façon purement stratégique, c'est un livre qui allait faire un malheur en Belgique tout en m'assurant une visibilité dans les pays anglo-saxons. Peut-être même dans le monde entier. Je pensais aux membres des jurys littéraires qui, cette année encore, m'avaient ignoré et qui seraient bien obligés, la queue entre les jambes, de reconnaître leur totale absence de jugement.

Avant minuit, j'avais rassemblé la matière d'un premier chapitre. À l'instant où j'en entamais la rédaction, l'ivresse me submergeait.

Chapitre I

La caserne de gendarmerie de Fléron est un curieux bâtiment de brique rouge vif dont l'imposant porche est surmonté par les attributs des grenadiers. Bonnet à poil d'ours et médaillon aux armes impériales avec aigle et grenades. Le tout taillé dans le tuf. Jacques-Joseph Hamoir a toujours regretté d'avoir entamé sa carrière l'année où on les avait abandonnés au profit d'une tenue plus fonctionnelle. Il ne lui aurait pas déplu d'arpenter les rues de Herstal en veste de bazin blanc et culotte à boucles d'argent. C'est que l'uniforme a toujours été pour lui comme un palliatif. Ce derrière quoi il a masqué, sa carrière durant, son incapacité à en imposer et surtout, à inspirer la crainte.

Les quinze minutes de marche qui séparent la rue Croix Bolette de son logement de fonction prennent ce jour-là la forme martiale d'un défilé, ses petits yeux de chat cherchant dans le regard de ceux et celles qu'il croise quelque chose qui tiendrait du saisissement.

C'est en tout cas de cette façon qu'il s'en souvient.

Les cheveux teints de la veille et les moustaches cirées, il lui semble marcher comme à la parade. Ah, si seulement il avait pu être plus grand de dix centimètres ! À plusieurs reprises, il passe la paume de la main avec nostalgie sur l'étui en cuir de son pistolet de service. Un Nagan 1877 avec ses deux canons juxtaposés dont le mécanisme Rolling-block avait été mis au point par Samuel Remington. Samuel Remington en personne.

Bien qu'il ne l'ait jamais utilisé ailleurs qu'à la plaine d'entraînement, le fait d'avoir à le remettre en fin de journée lui serre le cœur. D'autant qu'en ces périodes troublées, il ne lui aurait pas déplu de rester armé.

Si la retraite est censée lui ouvrir des horizons nouveaux, c'est avec inquiétude qu'il tente d'en préciser les contours. La solitude qui va sans doute être la sienne lui donne le vertige. La simple idée d'un retour à la vie civile prend la forme d'une relégation qui, alors là franchement, lui fait horreur. En gros, ne plus être gendarme le désole, produisant dans ses organes creux (estomac, colon, sphincter) un vide énorme.

Les pots de départ à la Sûreté de l'État n'ont jamais été très festifs. Il règne dans ce service une forme de contrôle interne qui favorise la suspicion au détriment de l'esprit de corps. Mais s'il ne s'attend pas à des effusions, Hamoir espère néanmoins les témoignages, les évocations, peut-être même les félicitations des quelques collègues avec lesquels il a tissé des relations normales, à défaut d'être cordiales. La journée a tout pour être mémorable, il en est certain. Il pense avoir eu raison de se refaire une teinture. On va s'étonner qu'un homme aussi jeune parte déjà à la retraite – 55 ans ? Non, ce n'est pas possible. 40 ou 45 à la rigueur, mais pas 55, etc.

En traversant la cour, Hamoir a l'impression délectable d'être devenu électrique. Soucieux de son apparence, il se tient droit sans pour autant presser le pas. À vrai dire, il aimerait que ça dure le plus longtemps possible.

Comme s'il s'agissait d'une matière sur laquelle on risquait de l'interroger, il se répète les principes sur lesquels il a fondé sa carrière : contrôle social et défense des propriétés. N'est-ce pas dans cette cour qu'on leur a enseigné le maniement de la matraque et la gestion des émeutes ? Le simple souvenir de l'exercice lui fait serrer les dents. Avec, à droite, un demi-peloton imitant le mouvement tumultueux dans lequel la populace exprime son mécontentement. Une cinquantaine d'aspirants comme lui, en habit civil, jouant les émeutiers et gueulant des insanités. Avec, sur la gauche, lui et l'autre moitié du peloton, képi vissé sur le crâne, s'attelant à mettre un terme au soulèvement.

Alors que le simple souvenir de ces simulacres lui fait remonter le brûlant jusqu'au creux de la gorge, l'odeur de crottin qui s'échappe des écuries le rappelle à la réalité. Un curieux hennissement s'en échappe alors qu'il entre dans l'aile principale du bâtiment.

Durant les quelques secondes qui suivent, Hamoir se retient de respirer. Il ferme les yeux avec une grâce de jeune page et puis les rouvre.

Malgré sa méprise (dans son enthousiasme, il a réellement pris le hennissement pour celui d'un cheval), il est soulagé par le nombre de camarades présents. Il a peine à y croire. La caserne est là au complet, tous grades confondus. Juste pour lui.

Souvent ombrageux et arbitraire, il le sait, il s'est insurgé contre la désorganisation des corps locaux et la qualité très inégale de ses collègues. Honnêtement, il avait craint que certaines de ses inimitiés aient poussé l'un ou l'autre à ne pas venir. Mais pas du tout, malgré ça, merde, ils sont venus en nombre. Fraipont est là. Schotz et Albas aussi. Ahaha, ils sont tous là. Charlier lui-même a fait le déplacement comme s'il s'agissait d'un événement à ne rater sous aucun prétexte. Et Dieu sait si avec Charlier, ça n'a pas été simple tous les jours. Une curieuse jubilation s'empare de lui.

Face à la quantité d'alcool qu'on a prévue pour l'occasion (il y a au moins une quinzaine de bouteilles de vin blanc et autant de mousseux) il est pris d'une ivresse qui lui est étrangère. Si on l'appelle « la carpe », c'est précisément parce qu'il est le seul à la caserne à ne boire que de l'eau. Mais aujourd'hui, c'est différent. Aujourd'hui…

Lorsque le major Jannerin fait son entrée sous les ors vieillis de la salle de garde, une rumeur traverse l'assistance. Que Jannerin en personne ait fait le déplacement est un signe qui ne trompe pas. Alors que l'effort de guerre doit l'occuper à plein-temps, il a tenu à être présent pour fêter le départ de son maréchal des logis. Hamoir est submergé par la gratitude. Un instant, il pense que son départ lui vaudra peut-être de l'avancement. Rentrer chez lui avec un grade de maréchal des logis chef serait le plus beau cadeau qu'on puisse lui faire. Il ne se tient plus.

Alors que l'officier entame son discours, Di Benardo fait son entrée sur la gauche, les bras chargés d'un paquet si volumineux que Jacques-Joseph peine à croire qu'il lui est destiné. Après l'avoir posé bien en évidence sur l'estrade, l'Italien vient se ranger au milieu des autres pour suivre le discours de son supérieur. Le speech est loin d'être convenu. Avec une emphase un peu joyeuse, le major Jannerin vante les qualités – propreté, élégance, sûreté du jugement – qui, selon lui, ont toujours fait de Jacques-Joseph Hamoir un gendarme particulier.

Comme il le rappelle, tout en soulignant ses propos d'un geste du bras, le personnel de la police doit être choisi parmi les hommes notoirement connus pour leur probité et leur moralité. La gendarmerie reste la pièce maîtresse de la répression des crimes et délits. Surtout dans les campagnes. Dans cette logique, les états de service du presque retraité parlent pour lui. L'officier rappelle son année au centre d'instruction de Bruxelles où on lui a enseigné le droit, l'équitation et les rudiments de maintien de l'ordre. Avec, souligne Jannerin, moins de succès pour l'équitation que pour le maniement de la matraque. Pour la seconde fois de la journée, Charlier produit un hennissement qui suscite l'hilarité générale. Hamoir lui-même est aux anges.

Comme le rappelle Jannerin tout en singeant la position du cavalier mains jointes à la taille tenant des rênes absentes, c'est avec un talent certain que Jacques-Joseph a assuré la gestion de secteurs considérés comme très sensibles. Il insiste sur le *très sensibles* tout en continuant à monter un cheval invisible. Marchés, prostitution, cimetières, conflits domestiques, ah ça oui, aujourd'hui on est bien forcé de reconnaître son importance.

– Surtout dans la prostitution, hurle Fraipont. Sans parler du vide qu'il va laisser dans la brigade…

Les rires couvrent un instant la voix de l'officier.

Pendant tout le discours, l'énorme cadeau trône sur le petit podium, fermé par un lacet rouge impérial sur lequel on peut lire en lettres cursives : « De la part de tes collègues ».

Très ému, Hamoir cherche à faire durer le plaisir. Après que Jannerin a levé son verre en son honneur, il pense prendre la parole à son tour, mais au moment de monter sur l'estrade, la rumeur l'en dissuade.

– Le cadeau ! Le cadeau ! Le cadeau !

Il aurait aimé répondre à l'officier par des remerciements qui, durant un moment, lui auraient donné l'impression d'être son égal. Mais les cris l'en empêchent.

– Le cadeau ! Le cadeau ! Le cadeau !

Jamais il n'aurait osé imaginer être l'objet d'une telle ferveur. Et lorsqu'il s'attelle enfin à ouvrir le paquet, il dresse la liste de ce qu'il pense être le contenu.

Une tabatière ?

Une tabatière en argent ?

Une mallette de cuir à ses initiales. Ou un sac de voyage avec ses initiales.

Une de ces pièces du Val-Saint-Lambert qui ont tant de succès.

Une grenade en bronze qui en s'ouvrant fait porte-cigares.

Du matériel de pêche comme on en offre souvent à ceux qui partent à la retraite.

En tout cas, quelque chose en cuir ou en argent. Ou en bronze, à la rigueur…

La liste s'allonge aussi longtemps que le lacet lui résiste. Et à l'instant où se déploient enfin les pans de la caisse, quelques brins de paille s'en échappent. Charlier hennit à nouveau et la caserne tremble sous les rires. C'est sûr, maintenant, il en est certain, c'est une tabatière en argent. Il plonge les mains dans l'épaisseur de la paille de protection, très excité d'en avoir la confirmation, mais, contre toute attente, ce n'est pas le contact froid du métal qui s'offre à l'extrémité de ses doigts, mais une chose molle et un peu grasse.

Et voilà qu'après avoir dégagé l'excédent de paille, apparaissent les contours, puis la totalité d'une… Hamoir sent la peau de son visage se plisser sous l'effet de la surprise. Un râle vient de remonter du fond de sa gorge, de là où tout à l'heure remontait la bile.

Une tête de cochon.

Pas une tabatière ou une grenade, mais une tête de cochon mort. La langue s'échappant mollement sur la gauche du museau. Les yeux injectés le fixant avec une intensité morbide. Le tout posé sur un lit de paille imbibé de sang. C'est à la fois si grotesque et si violent que Hamoir ne comprend pas. Une chape de plomb vient de s'abattre sur la salle d'armes. Le silence est total. La consternation envahit le visage du retraité. Pour se donner une contenance, il émet un petit ricanement, mais déjà, il sent les larmes lui brûler les yeux. Il ne comprend pas. Tout se passait si bien. Repris en chœur, un nouveau hennissement de Charlier semble avoir lancé la charge. En quelques secondes, la caserne est traversée par un bruit d'émeute. Un chambard ponctué de cris salaces comme à l'exercice.

– Hamoir à l'abattoir ! Hamoir à l'abattoir !

Le sol se dérobe sous lui. L'image d'un cercle de gendarmes hilares l'entourant est la dernière qu'il conservera de l'événement. Quelques secondes de honte abyssale qui s'apparentent à celles d'un hallali, au terme desquelles il perd connaissance.

*

Je suis sorti de la rédaction de ce premier chapitre dans un état proche de l'hébétude. Secoué par une violence que je n'imaginais pas pouvoir produire. Secoué, mais convaincu. Ahahaha… Je tenais avec ce Blödmann la matière franchement répugnante d'un roman que, dans mon for intérieur, je qualifiais déjà d'imparable !

À 1 h 45 du matin, toujours monopolisé par mon sujet, je passai commande sur Amazon d'une dizaine de romans et d'autant de biographies d'Agatha Christie. Le récit me semblait bien engagé. Comme si, par un curieux effet d'autonomie venant de m'échapper, j'étais pressé d'en connaître la suite. Je dressai le plan des journées qui suivirent, les préparatifs de son départ pour l'Angleterre et une hypothétique mission de renseignement qu'un agent allemand lui confiait à l'instant de monter dans la malle, à Calais. J'allai jusqu'à imaginer l'impact que celle-ci aurait sur ses enquêtes britanniques. Comme si, à travers les romans de Christie, c'était mon imagination qui était à la manœuvre.

À ce moment, honnêtement, ma fièvre avait quelque chose de paludique.

C'est aux alentours de cinq heures, en ouvrant par hasard ma boîte mail, que je tombai sur un message provenant du Clos des Abeilles. Le Clos des Abeilles ? Il me fallut un instant pour me souvenir de quoi il retournait. Et puis, ça me revint. Oui, bien sûr, le Clos des Abeilles. Contre toute attente, j'avais réussi à m'enregistrer sur leur site et ma candidature pour le stage d'apiculture avait été prise en compte. S'il fallait en croire leur message, ils étaient ravis de me compter parmi les quinze postulants retenus pour la session d'automne, période importante, selon eux, dans la bonne gestion des ruches et la récolte du miel d'octobre. Je conclus dans un premier temps à un mauvais alignement des planètes. Question planning, la nouvelle arrivait trop tard. D'un poil. Je venais d'entamer la rédaction d'un ouvrage qui, pour autant que je puisse en juger après une nuit de travail, allait changer ma vie. En tout cas, plus que ne pourrait le faire la production de miel.

Mais curieusement, alors que je dressais le plan d'un deuxième chapitre, remontant dans la vie d'Hamoir jusqu'en 1860, année de sa naissance, je ne parvins pas à évacuer la nouvelle de mon inscription. Au-delà de la tenue, la simple idée d'un miel « toutes fleurs » arrivé à maturité me faisait remonter dans la bouche un goût sucré. Tout en décrivant les jeux du jeune Jacques-Joseph avec sa petite sœur trisomique, je ne pus m'empêcher de rouvrir le mail à trois reprises pour être bien certain de sa teneur. À chaque fois, j'y trouvais la confirmation de ma première lecture : ils étaient super heureux, c'était écrit en toutes lettres, de me compter parmi les quinze sélectionnés pour le stage. Ils me renvoyaient à la page d'accueil pour le paiement et me conseillaient le site Apiprotec pour l'achat de ma tenue.

Incapable de me soustraire à l'attraction des ruches, je pensai un instant combiner les deux activités. C'est même avec une pointe de curiosité que je m'imaginai gérant la phase d'operculation et récoltant le miel le jour et rédigeant de nuit mon ouvrage sur les années belges de Poirot. Les images de moi, m'attelant à mon projet de roman, assis à mon ordinateur en tenue de protection, le voile devant les yeux, avaient quelque chose de futuriste qui me ravit.

Et puis, quelque chose dans la belle mécanique de la nuit céda. L'énergie déployée à imaginer la vie du gendarme fit l'objet d'une soudaine et totale dissolution. D'un seul coup, tout cela me parut ridicule. Inutile et ridicule. La perspective d'avoir à me coltiner durant des mois les agissements d'un traître aux cheveux teints me sembla dérisoire. De façon amusante, c'est sur les moustaches d'Hamoir que se cristallisa ma soudaine antipathie. À leur propos, je me posai la question de savoir avec qui (Hitler ? Chaplin ? Groucho Marx ?) les moustaches avaient perdu leur déterminant pluriel, pour devenir « la » moustache au singulier. Les moustaches d'Hamoir reléguant mon projet à une époque où, fendues au milieu, comme celles de Nietzsche ou celles que Duchamp ajouta à la Joconde, elles se partageaient en deux parties le plus souvent égales. C'est ce détail qui, je pense, emporta ma décision. Je n'avais aucune envie d'écrire une histoire d'avant, avant que les moustaches soient devenues singulières. Une époque qui n'avait jamais suscité chez moi un intérêt particulier. Comme sous l'effet d'une improbable accélération, la baudruche se dégonfla, produisant dans mon cerveau un souffle bruyant – un *brrruffss* vulgaire qui sur le moment me consterna autant que l'enthousiasme qui m'avait habité ces dernières heures. L'énergie déployée à écrire ce premier épisode me revint au visage toute chargée de salpêtre, comme le souffle tiède d'une explosion. Je n'en avais rien à foutre d'Hercule Poirot et d'Agatha Christie. J'avais eu bien raison de lui avoir fait perdre connaissance. La question était réglée. Tout développement étouffé dans l'œuf. Même l'esprit de revanche (là, je parle des prix littéraires qui ne m'avaient pas été décernés) ne parvint pas à me faire changer d'avis.

Je tentai en vain d'annuler mes commandes de la nuit, passai un moment sur le site Apiprotec et, peu avant six heures, j'éteignis mon ordinateur.

Ayant finalisé l'achat en ligne de ma combinaison, je me glissai dans mon lit, le corps traversé par un délectable sentiment de soulagement. Je m'endormis avec le sentiment d'avoir échappé au pire.

Blur

Ce qui frappe ce n'est pas tant l'épais brouillard qui bouche l'horizon depuis plus d'une semaine, que la façon dont il est quadrillé par le vol incessant des Canadairs. Un ballet d'ombres bruyantes dont les réservoirs pansus, émergeant à la sauvette, viennent fendre la chape de fumée de leur immatriculation fluo.

C'est en ces termes que débutait l'article dont Judas Protockhöl venait d'envoyer une copie à sa rédaction de Copenhague. Il avala une gorgée de *ginger ale*. La suite de son billet reprenait la chronologie de ce qu'il fallait bien se résoudre à appeler une catastrophe. Neuf journées « apocalyptiques » (pour reprendre les mots du Premier ministre belge) depuis lesquelles une partie de la forêt de Soignes ainsi que la plupart des grands parcs ceinturant le sud-est de Bruxelles étaient en flammes. Une succession d'incendies dus bien sûr à la sécheresse de ce troisième été caniculaire consécutif, mais dont l'origine criminelle ne faisait plus de doute. Judas Protockhöl relevait ce curieux rapprochement sémantique qui voulait que depuis une semaine, on ne parlât plus de pyromane corse ou grec, mais bien de pyromane bruxellois.

La Capitale européenne cernée par les flammes.

C'est le titre pour lequel il avait opté. Par un effet de parallaxe (Judas pensait utiliser le terme « délocalisation »), le district bruxellois et ses deux millions d'habitants se voyaient confrontés à une situation considérée jusqu'il y a peu comme exotique. D'après les spécialistes canadiens de l'UQAM, l'éventualité – en temps de paix – d'un incendie de cette ampleur et à cette latitude, n'avait été modélisée par aucune équipe de chercheurs. Les projections établies sur la base des exemples grec (2007), italien (2012) et sur celui de Bordeaux (2022), rangeaient cette catastrophe dans une catégorie non encore imaginée. Malgré l'odeur âcre et persistante qui vous tapissait la gorge et vous irritait les sinus bien au-delà des foyers eux-mêmes, le drame conservait un caractère invraisemblable.

Judas acheva son verre. Tout en cherchant à se rappeler le goût du Brennivin et du requin séché, il passa en revue les photos qui s'affichaient sur l'écran de son Mac et choisit celle qui allait illustrer l'article. On y voyait la porte de Hal enlisée dans un smog lourd et compact avec, en arrière-plan, les halos colorés du Glazer 2050 – l'attraction vedette de la kermesse de Bruxelles. Il lui semblait que pour les lecteurs danois à qui elle était destinée, l'image soulignerait non seulement le paradoxe d'une situation, mais plus encore celui d'une communauté humaine tout entière qui, bien que mobilisée par la lutte contre le feu, continuait de fréquenter les champs de foire. Avec sous la photo, la légende : *Malgré la proximité des flammes, les manèges de la célèbre foire du Midi continuent de tourner.*

Et de proximité, il en était un peu plus question à chaque point de presse.

Sur la base des informations fournies par le ministère belge de l'Intérieur, et au-delà des sept petites victimes et de leurs deux professeurs retrouvés sans vie dans un bus scolaire carbonisé aux premières heures de l'incendie, les chiffres semblent s'emballer. La majorité des victimes (19 personnes dont 3 pompiers) ont péri dans les communes de la ceinture verte, surprises dans leurs véhicules ou dans leurs habitations qu'elles refusaient de quitter. Sur les 5 000 hectares plantés que comptait la forêt de Soignes, plus de 3 500 ont déjà disparu en fumée. Une quinzaine de villas ont été détruites par les flammes sur la seule commune néerlandophone de Wezembeek-Oppem. Tout comme les bâtiments de l'ancien hippodrome de Boitsfort, la célèbre clinique psychiatrique du docteur Derscheid n'offre plus aujourd'hui que le spectacle d'un amas de ruines calcinées. Dans les communes de Woluwe-Saint-Pierre et de Kraainem, le nombre des personnes momentanément déplacées atteignait en début de journée les 7 000 unités.

Un désastre humain, économique et écologique dont la facture pourrait encore s'alourdir dans les prochaines heures. Sur les chaînes de la télévision nationale, les derniers bulletins météo annoncent en effet des vents violents qui risquent de freiner plus encore le travail des sauveteurs.

La fonction crée l'organe… La formule griffonnée par le journaliste danois au revers d'un carton de bière allait servir d'amorce à son article du lendemain. En effet, si, jusqu'à ce jour, le statut européen de Bruxelles lui avait permis d'imposer au-delà de ses frontières l'image d'une métropole dynamique et moderne, à l'inverse, les reportages diffusés depuis une semaine sur les chaînes du monde entier relayaient soudain celle d'une cité démunie et fragile. Une petite ville mal équipée, vulnérable et à peine gouvernée. Qu'il s'agisse de la photo reproduite en Une de plusieurs quotidiens anglophones, et sur laquelle la toute jeune reine des Belges en visite sur le front des incendies, offrait son manteau à une des victimes de la catastrophe, ou – plus saisissante –, celle reproduite en première page du *Monde*, d'un couple de chevreuils hébétés surpris en plein milieu de l'avenue Louise (une des grandes artères d'entrée dans la capitale jouxtant par ailleurs le fameux bois de la Cambre), c'est cette nouvelle image de Bruxelles qui s'imposait au monde. Une image qui – de Blanche Neige à Bambi – renvoyait aux grands classiques de Walt Disney, tout en accentuant le caractère improbable, voire virtuel, des événements.

À moins d'un mois des élections législatives, des voix de plus en plus nombreuses s'élèvent, mettant en cause le laxisme du pouvoir fédéral, la pauvreté des moyens de lutte et les interférences communautaires qui ont ralenti l'intervention des secours. Une longue liste de récriminations auxquelles il faut ajouter le caractère humiliant de l'appel au secours lancé en début de semaine par le Premier ministre et qui a eu pour effet de voir débarquer sur le sol belge, des pompiers turcs nettement plus aguerris. Quand on se rappelle l'argumentation souvent xénophobe avancée par la présidence belge lors du sommet de Madrid, et qui a retardé jusqu'au dernier moment l'adhésion de la Turquie à l'Union européenne, on comprend le malaise ressenti par certains face à cette intervention humanitaire.

Assis à la terrasse de l'hôtel Métropole, Judas consulta sa montre. Les résidus de fumée en suspension dans l'air chaud rendaient douloureux le contact avec ses verres de contact. Il n'était plus sûr de rien. Ni de l'heure du rendez-vous, ni même de pouvoir reconnaître dans la foule qui se pressait ce visage reproduit à l'arrière du catalogue…

Le grondement d'un hélicoptère de la protection civile volant à basse altitude lui fit relever la tête. De l'autre côté du boulevard, les deux éoliennes surplombant le bâtiment de la poste ne brassaient plus que de la suie.

Correspondant dans la capitale européenne depuis plus de cinq ans, Judas Protockhöl entretenait avec la ville une relation d'abruxellation, ce curieux rapport d'amour-haine propre à la capitale belge et qui en faisait un perpétuel sujet d'analyse. C'est à son accréditation auprès des institutions européennes qu'il devait (selon lui) d'avoir été contacté par son compatriote, l'artiste Olafur Eliasson.

L'opposition socialiste accuse monsieur Isidore De Backer de tenter de couvrir les responsabilités de son équipe dans une absence de prévention et une désorganisation de la lutte contre les feux. Le gouvernement a fait de Bruxelles « un district sans défense », s'est exclamé monsieur Mayeur, le doyen du groupe à la Chambre.

La thèse d'activités criminelles est également reprise par de nombreux médias. Le quotidien Le Soir *mettait ouvertement en cause, dans son édition de ce matin, certains milieux mafieux impliqués dans les grands chantiers de la capitale. Si la Belgique est mondialement connue pour la qualité de ses entreprises pyrotechniques, il ne faudrait pas voir dans ces incendies à répétition une fascination maladive pour le feu, mais bien le moyen le plus rapide de répondre à la spéculation immobilière sauvage dont Bruxelles est l'objet depuis plus de dix ans. De toute évidence, les milliers d'hectares ainsi pris à la forêt ne seront pas perdus pour tout le monde. Alors que les foyers sont loin d'être circonscrits, des sociétés de génie civil et des agences d'architecture ayant pignon sur rue (dont le célèbre Atelier d'Art Urbain), ont déjà fait part de leur volonté de participer « à la réhabilitation de l'espace sinistré ». Dans un article au titre sans équivoque* Réinventer la forêt de Soignes, *le ministre régional en charge de l'Urbanisme et de la Politique de la ville, en a appelé à un changement des mentalités. Arguant du fait que la splendeur de la fameuse Grand-Place est le résultat de l'incendie de 1695, le ministre n'a pas exclu l'éventualité de voir une partie importante de l'ancien poumon vert s'ouvrir à la construction de bureaux et d'habitations.*

Rien d'étonnant à voir débarquer en de telles circonstances des équipes de télévision, des responsables de l'action humanitaire, des parlementaires et des militaires étrangers. Par contre, la présence à Bruxelles de personnalités comme l'architecte et toujours sémillant Rem Koolhaas, le jeune cinéaste iranien Abbas Ghodabis ou Olafur Eliason (dont Judas Protockhöl guettait l'arrivée) avait de quoi surprendre. Bruxelles, dont la politique culturelle avait subi de plein fouet le désinvestissement flamand de l'après-Pacte du Heysel, semblait soudain fasciner les artistes du monde entier. On annonçait l'arrivée de Peter Balkan, de Liyo Pheng, et surtout celle du philosophe Peter Sloterdijk qui, de l'université de Pékin où il donnait cours, avait qualifié l'incendie belge de « fondateur ». Les écrivains étrangers rendaient hommage à la ville, les cinéastes voulaient la filmer et, pour ce qui est d'Olafur Eliasson, Judas supposait que son intérêt soudain pour Bruxelles tenait aux altérations atmosphériques dans lesquelles elle était plongée. Dans le catalogue que la galerie Herna Hecey lui avait fourni, Protockhöl avait pu découvrir les interventions qui avaient rendu célèbre l'artiste danois. Le *Weather Project* présenté dans le hall des turbines de la Tate Modern et surtout le *Berlin's Fall* qui avait défrayé la chronique moins d'un an auparavant.

Judas supposait que le *Double Blur Prospect* pour lequel il l'avait contacté s'inscrivait dans ses pratiques où vapeur, mousse, eau et miroirs étaient omniprésents.

Où, ailleurs, le caractère dramatique de la situation aurait attisé le sentiment d'appartenance nationale, la catastrophe qui touche la Belgique semble avoir plutôt ravivé les velléités séparatistes. Dans un éditorial paru il y a deux jours, un ancien Premier ministre flamand critiquait de façon virulente certaines priorités dans la lutte contre l'incendie. Il pointait entre autres le nombre de Canadairs, selon lui excessif, monopolisés durant de longues heures pour protéger le palais de Laeken (résidence de la Reine), le parc de 26 hectares y attenant, ainsi que les célèbres serres construites à la fin du XIXe siècle par l'architecte Victor Horta. La conclusion de l'ancien chef de gouvernement ne faisait pas dans la nuance : « S'il faut choisir entre les « folies » de la famille royale et les centaines d'habitations qui risquent d'être détruites, alors mon choix est fait ! »

Notons également la polémique entretenue à l'égard du bâtiment Flagey, remanié il y a peu dans le but d'accueillir le siège du Tribunal pénal international pour la Pologne, et dont la commune d'Ixelles a réquisitionné deux plateaux afin d'accueillir les familles sinistrées.

L'homme avait une soixantaine d'années. Il portait un tee-shirt en néoprène qui prétendait (en grosses lettres orange) : *Iceland and Islam are One*. Le sourire qui éclairait son visage lui apparut comme en décalage avec les événements. De toute évidence, il s'agissait d'Olafur Eliason.

Dans le taxi qui les emmenait, l'artiste danois resta assez vague quant à la nature de son projet. Il prit quelques photos, nota la façon dont l'odeur de foin brûlé se mêlait à celle du bitume et s'enquit de la pression atmosphérique annoncée pour les jours à venir. Judas trouvait qu'avec ses lunettes sans monture et cette manière préoccupée de poser des questions, Eliasson ressemblait moins à un artiste qu'à un assureur. À plusieurs reprises, leur voiture fut arrêtée par des barrages de police dont les agents se protégeaient le visage avec des masques de coton blanc. À hauteur des étangs Mellaerts, ils croisèrent les véhicules des sapeurs-pompiers venus du Var qui remontaient l'imposante avenue de Tervuren avec à leur bord des types harassés dont les visages traduisaient l'incrédulité : *Putain !* semblaient-ils dire, *un incendie de cette ampleur, en Belgique ?!*

Long détour par le Ring Est. Barrages. Arrêts fréquents. Prises de vues… (Bien qu'il fût encore tôt dans la journée, les phares du taxi se révélèrent sans effet contre cette pénombre, cette nuit artificielle à laquelle le bleu des gyrophares ajoutait un aspect polaire.)

Lorsqu'ils atteignirent le quartier de la gare du Midi, Judas Protockhöl n'avait pas réellement changé d'opinion, mais avait néanmoins élargi l'éventail des profils : à celui d'assureur, il avait ajouté celui d'agent immobilier, d'urologue, d'imprésario et même de Prix Nobel de physique… La voiture les déposa avenue de Corée. Désaffectée depuis la fermeture du centre d'art sept ans auparavant, l'ancienne brasserie Wielemans-Ceuppens y avait rouvert ses portes pour accueillir un centre de crise. Pour des raisons liées à la direction du vent, cette partie de la ville était plutôt préservée et, lorsqu'ils atteignirent le bâtiment, sa tour se dressait dans un ciel que le soleil semblait vouloir percer. La file des camions militaires s'étirant sur le terre-plein central renvoyait d'ailleurs plutôt aux récentes images de guerre civile en provenance de Tunisie, qu'à un incendie de forêt. Le hall du Wiels (où subsistaient trois des monumentales cuves de cuivre destinées jadis à la fermentation), était l'objet d'une activité à laquelle l'urgence donnait un côté sauvage. On y retrouvait en vrac les différents services directement impliqués dans la lutte contre le feu, mais aussi une foule d'intervenants qu'Eliasson qualifia de satellites – pool météorologique, cellule de restauration rapide, association de bien-être animal, etc. Pour ce qui est du service d'accréditation, sa présence confortait les anciennes théories de Guy Debord – et les plus récentes d'Antoine Gauff – selon lesquelles un tel incendie était aussi un spectacle dont il convenait de médiatiser le caractère imprévisible et surtout innovant.

Le sociologue Claude Jaffard soulignait dans son billet quotidien diffusé sur les ondes de Radio Bruxelles-Europe, le curieux déplacement qui, en l'espace de moins de deux ans, a vu le feu passer du centre-ville à forte densité de migrants, vers les quartiers hyper résidentiels de la périphérie. Faisant référence aux violentes émeutes qui enflammèrent il y a peu les communes de Molenbeek, ainsi qu'aux troubles qui secouèrent la communauté iranienne de Vilvoorde, le professeur de l'ULB soulignait le sentiment de « curiosité goguenarde » avec lequel les populations économiquement plus fragiles suivaient les événements. « Pour beaucoup, ce n'est pas la forêt qui brûle, mais les beaux quartiers. Des voitures flambent et ils s'étonnent de n'y être pour rien... » Et pour ceux qui ont néanmoins conscience du drame en train de se jouer, la forêt qui brûle aujourd'hui leur semble aussi lointaine et exotique que l'était jadis la forêt amazonienne, le sociologue expliquant l'absence d'empathie par une conclusion lapidaire : « pour beaucoup de familles bruxelloises parmi les plus modestes, la forêt qui brûle est de celles où ils n'ont jamais eu l'occasion de mettre les pieds. »

Bien qu'ayant obtenu le précieux sésame qui lui aurait permis d'accéder aux endroits les plus critiques et d'accompagner les sapeurs-pompiers dans leurs interventions, Olafur Eliasson insista auprès de Protockhöl pour que ce dernier le conduise jusqu'à la foire du Midi.

Malgré les avions et les hélicoptères fournis par la Serbie, Israël, la Slovénie, l'Espagne, la Roumanie, l'Allemagne, la Norvège, la Suisse et l'Islande et les rotations incessantes dont ils sont l'objet, la situation en bien des endroits échappe à tout contrôle.

« Nous frôlons la catastrophe nationale, c'est sans précédent », a affirmé dimanche matin le porte-parole des pompiers bruxellois, tandis que le feu pointait à moins de 500 mètres de la prestigieuse avenue Franklin Roosevelt où les autorités locales se sont mobilisées pour empêcher le pire.

Heartbreaker, Bayern Cuve, Glazer 2050… : sur ce tronçon de la petite ceinture, l'alignement des attractions s'étirait dans une galette d'air opaque et pestilentiel que les néons de couleur avaient toutes les peines du monde à déchirer. Judas parlait d'une chape poisseuse, d'un magma sinistre qui, disait-il, lui rappelait un voyage scolaire aux conserveries d'escargots de l'île de Skagen. Une situation qui n'entama pas pour autant la bonne humeur de son compatriote. Au contraire, le fait de circuler dans une atmosphère à laquelle l'incendie avait donné la consistance de la gélatine semblait le réjouir. À plusieurs reprises, il préleva du bout de l'index la pellicule de cendre qui recouvrait ses avant-bras. Il parut ravi des dessins que l'exercice y laissait – des sillons plus clairs qui s'entrelaçaient à la façon des nœuds routiers. Ce n'est que sous la grande roue « Plaisir et Passion – Van Laeren Jean » traditionnellement installée à proximité du pont du chemin de fer, qu'Olafur Eliasson lui précisa la nature de son projet.

À partir de cet instant, Judas Protockhöl allait bien devoir reconnaître son erreur : de toute évidence, c'est à un artiste qu'il avait à faire.

Après avoir acheté deux tickets, Eliasson lui expliqua être déjà venu à Bruxelles durant l'été 2007 pour une collaboration avec le metteur en scène Peter Mussbach qui (au terme d'une répétition dans un des grands théâtres de la ville dont il avait oublié le nom) l'avait embarqué jusqu'à la foire du Midi. Il lui fit part de sa déception : cette année-là en effet, la fameuse grande roue « Plaisir et Passion » avait remplacé ses nacelles circulaires et ouvertes par des cabines fermées de type téléphérique qui rendaient la course totalement aseptisée. En isolant des odeurs et des rumeurs de la ville, en protégeant des intempéries et du vertige, et en rendant impossible toute tentative de suicide, ces nouvelles nacelles avaient *réellement* vidé l'attraction de sa substance. À l'époque, Peter Mussbach avait signé une pétition destinée à faire pression sur les responsables locaux afin de retrouver une grande roue qui permette de sentir, d'éprouver et, si nécessaire, de se suicider. Manifestement, la demande était restée sans suite – au son d'une musique bavaroise, Judas et Olafur Eliasson montèrent en effet dans une cabine climatisée dont les portes, en se refermant, émirent un petit chuintement sinistre.

Comme toute expérience artistique majeure, les minutes qui suivirent devaient rester imprimées dans la mémoire du journaliste comme des instants d'une étrangeté et d'une émotion absolues. Là où il pensait n'être associé qu'à la lubie « touristico-catastrophique » d'un artiste en vogue, il allait plonger de plain-pied dans une entreprise d'art total dont seule l'intuition d'un homme comme Eliasson avait pu imaginer la teneur.

La montée se fit d'abord laborieuse, par une succession de paliers programmés pour permettre l'accès aux cabines et la répartition équilibrée de la roue. Pour la première fois depuis une semaine qu'il couvrait les événements, Judas sentit sa cage thoracique se comprimer sous l'effet de l'inquiétude. Durant quelques secondes, il détesta *réellement* le métier qui était le sien. Telles des strates géologiques, le brouillard qui les enveloppait prit des nuances et des textures qui ne cessèrent de se modifier tout au long de l'ascension. Ils traversèrent une couche de vapeur verdâtre toute criblée de particules de cendre. Vint ensuite une couche brunâtre parcourue de nuances moirées, suivie par une nappe plus sombre encore qui laissa sur les vitres de la nacelle des coulées grasses. Eliasson garda le silence. Il semblait suivre les modifications d'atmosphère comme une expérience qui l'aurait engagé physiquement. De façon paradoxale, l'absence de son et la perte des repères accréditait plutôt l'idée qu'ils s'enfonçaient. Une chute abyssale que Judas ressentit comme l'ultime épreuve de cette catastrophe dont il avait rendu compte de chaque étape. Comme si soudain, Bruxelles avait perdu le peu de consistance qui lui restait. Si bien qu'à l'instant où, d'un seul coup, le cocon vitré émergea de la chape, l'artiste danois ne put s'empêcher de pousser un juron.

À plus de 70 mètres du sol, ils se retrouvèrent tous deux en suspension dans un air limpide auquel le soleil de la mi-journée donnait une magnifique teinte orange.

La moquette de fumée qui s'étalait sous la nacelle était parcourue de courants satinés. À ce propos, Judas évoqua une impression de pouvoir y tracer du doigt des graphes lacaniens et des structures complexes capables de se déployer à l'infini. De cette topographie hallucinante et mate émergeaient, çà et là, les étages supérieurs d'un immeuble, l'un ou l'autre drapeau européen, des volutes d'air chaud s'élevant comme de la chantilly avec, sur la gauche, le chantier de la future tour Olympique. Un phénomène tout à la fois magique et indicible. Alors qu'au niveau du sol, la capitale belge se consumait, à 70 mètres de haut (sans que personne d'autre qu'Eliasson ait pu le prévoir) la fumée proposait un nouveau plan de la ville, comme une mise à l'étage, une maquette à l'échelle 1/1 que des hélicoptères survolaient en rase-mottes. Un plan épuré n'ayant conservé que l'essentiel. Une ville à l'état gazeux sur le sol de laquelle on avait déposé le dôme du palais de Justice, les boules supérieures du célèbre Atomium et les prismes vitrés du cyclotron Monsanto. Un laboratoire de formes, de textures, de lumières dont la beauté coupait le souffle. Par ce geste urbanistique dont la radicalité donnait le frisson, Bruxelles devenait une ville exemplaire, celle dont tous les architectes avaient inconsciemment rêvé. Une utopie… Judas Protockhöl fut incapable de prononcer un mot. L'angoisse qui l'avait étreint en début d'ascension fit place à un sentiment de gratitude. Il répondit aux jurons d'Eliasson par quelques soupirs extatiques. Son envie de requin séché le fit à nouveau saliver. Il eut l'impression d'être ivre…

*

Olafur Eliasson passa les quatre jours qui suivirent sur le site de la foire de Bruxelles et partagea avec plus de 140 privilégiés l'expérience de ce qu'il appela la montée du plaisir et de la passion. Cette œuvre en temps et situation réels a fait l'objet d'une édition photographique qui porte le titre *Blur pleasure – Blur leasure*, ainsi que d'une version *indoor* proposée au Schaulager de Bâle, en novembre 2029. Le sommet de la grande roue « Plaisir et Passion – Van Laeren Jean » y émergeait d'une nappe de vapeur d'eau. Elle a accueilli en deux mois plus de 7 000 spectateurs et fut l'objet d'une violente polémique. Dans un article publié dans *Art Reflex*, la critique Johan Haerstfeld pointait le caractère ambigu de cette œuvre qui, selon elle, témoignait moins de l'utopie architecturale que « de cette fascination bourgeoise pour la catastrophe en général et l'actuel chaos écologique en particulier. Faut-il conseiller à Olafur Eliasson de relire Paul Virilio et Hervé Kempf, ou plus simplement de rebaptiser son œuvre *Consommer – Consumer* ? Quoi qu'il en soit, voilà mis en œuvre ce paradoxe qui pousse certain à prôner simultanément l'ordre et la table rase. »

Les règles de l'art

(son d'un verre qu'on remplit, puis d'une bouteille qu'on dépose)

Aujourd'hui, quand le vieux refait surface, c'est généralement pour appeler à l'aide. Pour ce qui est du pathétique, il est passé champion… Ça a toujours à voir avec sa mort, imminente d'après lui. Avec « l'incurie » comme y dit, celle de son aide à domicile. Et, de façon plus globale, avec son incessant besoin de pognon.

En gros, l'occasion pour lui de se plaindre. De tout et de n'importe quoi.

(son d'un verre qu'on porte à sa bouche)

Avant qu'ma mère ne meure, on se retrouvait à Jumet pour fêter des trucs du genre Chandeleur, 1er mai, 13 avril, anniversaires des uns et des autres. Je sais pas ce qu'on fêtait le 13 avril, mais chaque année, implacable, comme gravé en rouge dans l'agenda, on était tous assis ce jour-là autour d'un poulet-estragon. Ma mère disait : le poulet-estragon c'est comme les cartes Michelin ou les chansons d'Hervé Villard, ça n'a pas survécu au XXe siècle. Pour elle, son poulet du 13 avril c'était comme qui dirait un acte de résistance.

Depuis sa mort – une crasse imprévisible, en janvier elle pétait la santé et en mars, pfuiiit, elle avait fait la malle… – depuis sa mort, donc, le Pisang Ambon auquel le vieux carbure, donne à nos réunions un arrière-goût si pénible que le Cric, mon frère qui s'y connaît en bagnoles, il jure que nous autres en famille ça tient à chaque fois du crash-test.

La dernière en date, celle de fin janvier, était liée à sa volonté de se faire incinérer (décision qu'on a tous accueillie avec soulagement, la crémation nous évitant d'avoir à s'occuper de lui après qu'il aura crevé) et celle plus inattendue de faire don d'une partie de ses cendres à Alain Mathot, le bourgmestre de Seraing, le mec que mon père aurait rêvé d'avoir pour fils. Un type comme Alain Mathot, avec une gueule d'acteur, du gel dans les cheveux et un chauffeur à sa disposition 7 jours sur 7 et 24 heures sur 24, ça, il en voulait bien comme fils.

(son du verre qu'on dépose)

En plus de la démarche assez barge d'avoir à débarquer chez le député avec l'urne encore tiède, personne n'a compris pourquoi ce cadeau ne recouvrait qu'une partie des cendres et pas la totalité. Y avait quelque chose de mesquin qui bien sûr lui ressemblait, mais qui allait sérieusement décupler notre gêne le jour venu.

Ça, c'était pour notre réunion de fin janvier.

(son d'un clavier d'ordinateur)

Pour ce qui est du mail de cette semaine, il y évoque une « chose » importante qu'il a à nous annoncer. Importante, voire capitale. **Importante** et **capitale** en gras et souligné, comme s'il écrivait à des débiles. En plus de la couche de mystère qu'il laisse planer, son message tient comme à l'habitude de la convocation. Tout y est conjugué à l'impératif et bourré de fautes d'orthographe. Pareil que s'il aurait été flic comme mon frère Jacky.

Chacun de nous, là, je parle de mes cinq frères et sœurs, a interprété le mail à sa façon.

De mon côté, j'ai relevé parmi les destinataires l'adresse yahoo.fr d'un Émile Lambion qui doit être du genre à exécuter les testaments. Ou quelque chose comme ça. Enfin, c'est mon intuition, encore que j'n'ai trouvé aucun notaire à ce nom. Dans les deux Émile Lambion que m'a proposés Google y avait juste un chauffeur de bus canadien et un type de chez Sotheby's. Le Canadien ressemblait à Adriano Celentano en plus massif, et l'autre était tout maigre. Maigre avec une pomme d'Adam qui lui déformait le col roulé. Avec cette longue figure de pète-cul qui doit être de rigueur dans le milieu. Là je parle du milieu de l'art.

(son d'une voiture roulant. Rumeur industrielle)

Jumet, c'est pas terrible, mais c'est pas le pire. Courcelles, c'est pire. Et Gosselies c'est l'enfer, ultra-bruyant à cause de l'aéroport. Jumet, c'est vivable. La petite maison de la rue de l'Étang est celle où on a grandi tous les six. Ce qui est curieux, c'est que sa petitesse aurait tendance à augmenter avec les années. C'est l'impression que ça me donne. Enfant, moi, j'm'y suis jamais senti à l'étroit. Aujourd'hui, malgré qu'il soit seul à l'occuper, elle a comme rapetissé au lavage. Alors qu'il pourrait, je ne sais pas, s'y étaler sur les trois étages, il n'en utilise plus que les deux pièces du rez-de-chaussée. Il prétend que ça suffit comme ça, qu'il a pas besoin de plus. Deux pièces avec un w.-c. séparé, qui sentent le mal tenu, le mal aéré, et sur le sol desquelles s'étale tout un bric-à-brac de revues. Sur les armes, les dragsters et les animaux de la Forêt-Noire. Des modes d'emploi de frigo et de tondeuse qu'il n'a plus depuis longtemps et des plans de construction d'avions miniatures. Ses archives, comme il les appelle!

(son de la voiture qui ralentit)

En remontant par la chaussée de Bruxelles j'ai croisé une société de marcheurs qui répétaient pour la Sainte-Madeleine. Dans l'air froid, ils étaient tout minables avec des paquets de vapeur qui leur sortaient de la bouche. J'ai jamais compris le plaisir qu'y pouvait y avoir à marcher au pas, déguisé en grognard. Napoléon, moi, ça m'a jamais parlé.

Enfin, c'est chacun sa merde.

À deux heures pile, je suis arrivé. En repérant la Yaris de Bébé, garée les deux roues sur le trottoir devant la maison, ça m'a soulagé d'un poids. Ma sœur, c'est généralement ce qui sert à ce que ça ne parte pas en couille. Son calme et son sourire ont beau foutre mon père en rogne, c'est la seule qui peut lui tenir tête. La seule dont il a la trouille, sans doute parce qu'elle est infirmière au Mambourg, à la polyclinique, et qu'il sait qu'un jour il pourrait avoir besoin d'elle. Pourquoi même que c'est l'aînée, tout le monde l'appelle Bébé ? J'en sais rien. Juste qu'elle attendait devant la maison avec J.-P. qu'elle avait dû aller chercher à la gare.

(son d'une porte qui claque. Rumeur)

Quand je suis sorti de ma bagnole, le Cric a parqué sa dépanneuse juste derrière. On s'est embrassé et on a marché un moment l'épaule de l'un collée à celle de l'autre. En voyant l'état de ses ongles, j'ai pensé qu'il aurait pu faire un effort, que c'était le genre de détail sur lequel mon père pouvait partir en vrille. Mon père a donné l'impression de rien voir. Ou peut-être, il a pas eu le temps. Si je me souviens bien, Karine est arrivée tout de suite après.

Le vieux a voulu qu'on soit tous là avant de rentrer. Exceptionnellement il semblait à jeun et très content de lui. Honnêtement, le voir dans cet état m'a fait flipper. Rassemblés tous à l'extérieur, ça m'a rappelé les Saint-Nicolas. Quand il fallait qu'on soit tous revenus de l'école avant de pouvoir ouvrir la porte. On a très vite frigorifié sur place, à se taper les mains pour se réchauffer. Les voitures qui descendaient de l'autoroute ralentissaient pour voir ce qu'il se passait. Ils devaient penser à une manif. Ou à un meurtre, on ne sait jamais.

(son d'une sirène de police qui s'approche)

Jacky est arrivé en dernier, avec un bon quart d'heure de retard, le gyrophare allumé. Il a dit en désignant le toit de la fourgonnette :

– Comme c'était une urgence, j'ai allumé tout le bazar !

Jacky était en tenue, avec un gilet pare-balles enfilé par-dessus sa vareuse. Avec en plus le véhicule de la zone de police de Thuin garé devant la maison, ça a dû conforter chez certains l'idée du meurtre. J'en ai profité que tout le monde rigolait pour avaler un demi-Xanax.

(son d'une porte qu'on ouvre)

Et là, on a enfin pu rentrer.

(son de pas sur un carrelage)

On s'y attendait pas. On a été accueillis par une forte odeur de pot-pourri. Karine, ma sœur, elle a pas pu s'empêcher d'éclater de rire. C'est vrai qu'on avait jamais rien senti de pareil dans la maison. En tout cas plus depuis la mort de ma mère. Il n'y avait plus rien qui traînait au sol. Ma nervosité a augmenté d'un cran. Celle de Jacky aussi, qui a dit en voyant que tout était rangé nickel :

– Merde c'est quoi ce truc? Tu te remets en ménage?

Karine, la pauvre, elle a cru qu'il parlait sérieusement et elle a répété la question avec presque des sanglots dans le fond de la bouche:

– C'est vrai, tu te remets en ménage?

Mon père n'a pas répondu. Il a juste souri.

– Pour sûr que ça sent le propre, il a dit J.-P. en respirant l'odeur.

On a tous tourné dans la pièce en essayant de comprendre. On sentait que chacun y allait de son idée, mais qu'aucun n'osait la balancer. Il y a juste Jacky, toujours nerveux qui a demandé si c'était pour le tournage d'un film.

Le vieux nous a laissé mariner un moment avant de reprendre le crachoir.

– Nous avons un invité, qu'il a dit.

On n'a pas compris. Enfin, pas tout de suite. Sur base de l'info, chacun a reformulé son hypothèse. Le Cric semblait le plus soucieux. Ses ongles noirs plantés dans le haut du pantalon. Je pense que sur ce point, on est tous d'accord, tant que nos histoires internes, ça reste entre nous, on a rien à en redire. En petit comité, on gère, mais que des étrangers s'en mêlent, ça nous fout la gêne et chacun à notre façon ça nous rend irritables.

Mon père s'est approché de la porte du fond et l'a ouverte.

(son d'une porte qu'on ouvre)

Là, j'ai eu un mouvement de recul que les autres ont pas compris. Et pour cause. Dans l'arrière-cuisine, assis à la table de formica, j'ai immédiatement reconnu le col roulé déformé par la pomme d'Adam. Ça m'a fait un choc. Comme si Google d'un coup avait parachuté chez nous le type de chez Sotheby's.

Bébé a dit en me regardant :

– Ryan, ça va ?

Mon père ne m'a pas laissé le temps de répondre.

– Monsieur Lambion enseigne l'esthétique à l'université. Il est aussi commissaire d'exposition. Il est là pour vous expliquer les règles de l'art. J'ai pensé que c'était important.

Le long silence qui a suivi, c'est comme s'il avait rempli la pièce d'une matière explosive.

Mon frère Jacky, encore lui, a été le premier à réagir. C'est là qu'on a vu qu'il était flic. Il a seulement répété « les règles de l'art », mais avec dans sa voix l'exigence d'une explication.

– Oui, les règles de l'art, s'est contenté de répéter le vieux.

– Qu'est qu'on en a à foutre des règles de l'art, il a soufflé, Jacky, en rajustant son gilet pare-balles.

– C'est vrai, a repris J.-P., en quoi ça nous concerne ?

Bébé lui a pris la main pour le calmer. Si nos rencontres ne finissent pas en rodéo, c'est grâce à elle. Le répit a été de courte durée. Le type de chez Sotheby's, il a pointé du doigt Jacky et il lui a demandé mordicus de bien vouloir laisser son arme de service dans la pièce d'à côté. Là, on a tous cru qu'avant même de commencer, ça allait mal se terminer. Mais quand mon père a mis la main sur son épaule, Jacky s'est exécuté sans moufter. Je l'avais jamais vu comme ça, si docile. Il a retiré l'arme de son étui et il a été la déposer dans la pièce de devant.

– Je voudrais d'emblée lever un malentendu, a commencé le spécialiste. Il n'y a aucune fatalité. Il n'y a aucune fatalité dans le curling, il n'y a pas de fatalité dans la philatélie, n'importe qui peut commencer à collectionner les timbres ou les pièces de monnaie à n'importe quel âge. Et il n'y a pas de fatalité dans l'art et surtout pas dans l'art contemporain.

Il avait, pour dire ça, un ton conciliant qui nous a tout de suite mis en alerte. Qu'il veuille ainsi nous rassurer ça nous l'a, comme qui dirait, rendu suspect. Même le Cric qui d'habitude n'en a rien à foutre, on le sentait sur ses gardes. Je n'ai pu m'empêcher d'imaginer ses ongles pleins de cambouis se planter dans le cou du spécialiste.

– Cela dit, le malaise que vous éprouvez au contact de l'art contemporain est légitime.

– Encore heureux, a lâché Karine en ricanant.

L'autre a fait comme s'il l'avait pas entendue.

– Contrairement à ce que l'on pense, les critères permettant d'évaluer les œuvres ne sont pas innés. On imagine que c'est juste une question de goût et de couleur qui ne se discute pas, alors que devant une peinture, une sculpture, une installation, le minimum est de connaître les règles de la partie qui s'y joue.

– En quoi ça nous concerne, les installations ? a demandé Bébé d'un ton calme, précisant fissa qu'on était déjà tous parfaitement installés.

J.-P. a gloussé. Peut-être simplement de nervosité. En fait, c'était tellement total improbable de l'entendre débiter son laïus, là, les coudes sur la table où ma mère avait préparé les repas pendant des années, tellement incongru, que personne n'a osé moufter. Sa façon d'articuler les mots, ça avait quelque chose d'hypnotique.

Quand il a rappelé qu'en tant que commissaire d'exposition, il connaissait ces règles mieux que personne, j'ai bien vu Jacky tiquer. Une fois de plus, Bébé a dû lui prendre la main pour qu'il implose pas.

C'est sûr que mon frère, il pensait pas qu'un jour, il y aurait deux commissaires dans cette cuisine.

Des chaussures cirées à ce point non plus. Ses mocassins, au mec, ils semblaient avoir été vernis en carrosserie. Luisants comme s'il les avait plongés dans l'évier. Ça donnait à ses grandes théories sur l'art un genre ridicule. Son côté danseur de salon, ça n'aidait pas à comprendre ce qu'il foutait là. Et c'est au moment où on allait le perdre à force de rien piger, qu'il a regardé sa montre et, avec un geste de music-hall, il a allumé la TV. J'ai senti le Cric prêt à crier : « Mais qu'est-ce qu'il fout ? »

(son d'une TV qui s'allume. Rumeur d'un match de rugby + commentaires)

L'écran plasma a produit un couinement et puis tout est devenu d'un vert électrique.

– Imaginons… a continué Lambion. Je dis bien, imaginons que vous n'ayez jamais vu de match de rugby. Ni à la télévision, ni ailleurs. Pour une raison X ou Y, le rugby, vous en ignorez jusqu'à l'existence. Et un dimanche après-midi, voilà que vous allumez la télévision en pleine finale du tournoi des Six Nations. Vous qui n'avez jamais vu de rugby, légitimement, vous allez vous demander pourquoi ces footballeurs sont 30 sur le terrain au lieu de 22, pourquoi ils prennent le ballon en main sans se faire siffler par l'arbitre, pourquoi ils ne font des passes que vers l'arrière et se plaquent au sol sans se voir pénaliser par un carton rouge. Et surtout, pourquoi ces footballeurs se réjouissent-ils d'avoir tiré par-dessus le but et non à l'intérieur ?

À côté de la porte, mon père affichait un sourire rayonnant. Celui du parieur qui regarde gagner le tocard sur lequel il a misé. J'pense pouvoir assurer qu'aucun de nous six, on l'avait jamais vu afficher un sourire pareil.

– Comme l'affirment les sociologues, il s'agit d'un malentendu. Juste une ignorance des règles. On nous a fait croire depuis toujours qu'il suffisait de rentrer dans un musée pour pouvoir décréter ce qui était intéressant et ce qui ne l'était pas… On nous a convaincus que ce jugement tenait d'une prérogative universelle plutôt que d'une compétence spécifique. Et voilà où nous en sommes…

(son d'une TV qu'on éteint, suivi d'un long silence)

On n'a pas entendu un bruit. Le temps de deux ou trois secondes. On était comme sous l'effet du saisissement. Pas qu'on ait compris le fond du fond de la théorie, mais plus sournoisement, comme si un Martien venait de nous ouvrir les yeux sur le complot dont on était victimes depuis tout ce temps. C'est J.-P. qui a été le premier à réagir. Pas qu'il ait mieux compris que nous autres. Juste pour diminuer la pression, comme une soupape.

– Avec tout ça, il a dit en désignant la télévision, on ne sait pas qui c'est qui des Gallois ou des Sud-Africains sont en train de mener à la marque ?

– Ta gueule, J.-P., a lâché Jacky, laisse parler le commissaire.

– Ce n'est pas le score qui importe, mais l'enjeu, a précisé celui-ci.

– J'comprends rien, a avoué Karine.

– Votre incompréhension est tout à fait compréhensible.

Lambion a lâché ça en se tournant vers le tableau qui pendait au mur, juste à côté de la fenêtre. Ce clown en pleurs avec son large cadre en chêne foncé, c'est ma mère qui l'avait acheté à la naissance de

Karine. Depuis, il a pas quitté son clou. Quand il s'est levé pour s'en approcher, quelque chose d'animal s'est activé à hauteur de mon estomac. Bébé a fait un petit mouvement comme pour s'interposer. Comme si elle avait senti que ce clown qui pleure, c'était la porte ouverte au pugilat.

– Comme semble l'indiquer ce tableau, a repris Lambion, il est moins question de s'interroger sur sa valeur que sur sa nature.

– Et pourquoi ce clown, y s'rait sans valeur ? C'est la meilleure, ça !

Je me suis surpris de la violence avec laquelle j'ai posé ma question.

– Que vous lui attribuiez de la valeur est légitime. C'est *votre* clown. Encore faut-il savoir où il se place à la frontière entre l'art et le non-art.

– En tout cas c'est plus ressemblant, s'est énervé J.-P., que la plupart des tableaux qu'on voit par les temps qui courent. Ces trucs qui, eux, c'est sûr, sont pas de l'art du tout.

– Quand vous dites « ces trucs ne sont pas de l'art » en fait… (là il a laissé comme un moment de suspense)… vous regardez du rugby en pensant que c'est du football.

Tout ça pour dire, qu'à ce rythme, en fin d'après-midi on en est sortis lessivés de son monologue. Tous les six. À peine si on savait encore comment on s'appelait. Dans notre état de sidération, Lambion a vu, c'est ce qu'il nous a dit en conclusion, « une victoire éblouissante du réflexif sur l'émotionnel et l'ignorance ». Et là, il s'est tourné vers mon père.

En chef de guerre qui vient de remporter une victoire vraiment indiscutable, il a exigé, d'une voix calme, qu'on lui remette le tableau du clown. Pour la peine, qu'il a ajouté. Juste pour la démonstration.

On aurait dû se rebeller, mais on était si crevés, que c'est passé crème. Sans que ça fasse de vague. Et puis, désignant Jacky, toujours avec ce ton qui ne prêtait pas à la discussion, il a exigé en signe de reddition totale que le vieux, il lui livre son fils aîné. Son culot nous a laissés sur le cul. Tous nos regards se sont tournés vers lui. Un voile est passé dans le regard de mon père. Curieusement, Jacky n'a pas bronché. Il a juste regardé du côté du vieux pour connaître sa réponse. Mon père était très pâle. Il a seulement esquissé un mouvement des paupières qu'on a à peine vu passer. Et c'est comme ça que ça s'est clôturé.

(son d'une porte de rue qui s'ouvre. Rumeur de ville. Comme un appel d'air.)

On est en avril. Ça fait quatre mois que la camionnette de police de la zone de Thuin est parquée devant la maison. On n'a plus de nouvelles ni de Jacky, ni de Lambion, ni du tableau.

(son d'un clavier d'ordinateur)

Bébé nous a envoyé un mail en disant que ça n'empêche, on pouvait quand même se retrouver le 13 à Jumet pour un poulet-estragon.

Bébé, c'est le truc qui fait qu'on reste soudés, quoi qu'il arrive.

Pourquoi Copenhague ?

C'est l'histoire d'une jeune femme qui se couche tard, détail qui conditionne son existence au point de pouvoir la résumer. Savoir d'elle qu'elle se couche tard est nécessaire et presque suffisant. D'autant que le pendant de cette inclination la résume aussi bien. C'est une jeune entomologiste danoise qui se couche tard et qui, du coup, chaque matin, a toutes les peines du monde à se réveiller. Lorsqu'elle parle de Judas alors qu'il est encore son amant, Ann dit : *Il vient de Berlin, il est arrivé à Copenhague il y a quelques semaines.* Et lorsqu'elle parle de lui alors qu'il ne l'est plus ou du moins plus à plein-temps, elle dit : *Il s'appelle Judas, il vient de Berlin, il a débarqué à Copenhague il y a six mois.* Comme si le caractère guerrier du verbe *débarquer* justifiait qu'elle eût mis fin à leur liaison. Il y a entre *débarquer* et *envahir* une ellipse qui lui permet de ne pas avoir à en dire davantage. Un raccourci sans doute renforcé par la nationalité allemande de Judas. En effet, parler du caractère envahissant des Allemands est une évidence qui ne demande pas qu'on s'éternise.

Mais c'est aussi l'histoire d'une commande. Celle que m'a passée le groupe hôtelier Steigenberger & Resorts, d'un texte destiné à faire retrouver à Bruxelles une sensualité que, d'après moi, elle n'a jamais connue. L'idée étant de vendre du rêve aux touristes que la pandémie a fait fuir. Le récit pourra être léger, voire suggestif, tant que Bruxelles en est le décor. C'est leur unique exigence.

D'emblée, j'ai compris qu'il allait falloir ruser.

Bien sûr, il s'agit d'une histoire qui dans l'absolu *pourrait* se passer en Belgique. Bien qu'elle n'ait jamais produit de personnage shakespearien, la Belgique est un petit royaume qui, sous bien des aspects, peut s'apparenter à celui de Danemark. Mais ce dernier, plus rugueux, plus austère, en gros plus boréal, a toujours offert à l'écrivain que je suis une distance qui fait toute la différence. Une forme d'exotisme rapproché qui m'a permis de ne pas avoir à parler de ce que je connais pour mieux décrire des lieux où je n'ai jamais mis les pieds. Écrire sur Copenhague, Lausanne ou Düsseldorf m'a offert jusqu'ici une liberté dont l'exigence est relative et le confort absolu.

Il y est question d'un homme qui s'appelle Judas Roöth – un nom qui, pour ceux qui s'intéressent à l'art en général et à l'œuvre de Lucas Cranach en particulier, s'est imposé depuis longtemps comme une référence incontournable.

C'est donc l'histoire d'une entomologiste dont le corps frêle laisse apparaître sous les épaules deux omoplates dont le léger décollement semble rappeler qu'un jour, ses aïeux ont eu des ailes. Une jeune femme dont le père est mort le même jour que Che Guevara. À cet instant, elle se tient debout, comme au centre d'un compas, face aux eaux changeantes de l'Öresund. Sur la droite, il y a la route du littoral au bord de laquelle Judas a garé sa voiture de location. Et au-delà, Copenhague, soulignée par un filet de brume orange que l'éclairage des docks ponctue de petites flaques pâles.

Une chose est certaine : ça se passe à Copenhague.

Pourquoi Copenhague ?

Pourquoi Copenhague et pas Bruxelles ?

Au responsable de l'hôtel qui me posait la question, j'ai répondu : « Parce que j'entretiens avec Bruxelles une familiarité quasi incestueuse. » Paradoxalement, Bruxelles est une ville que j'ai toutes les peines du monde à quitter et qui pourtant, ne m'est d'aucune utilité. D'un point de vue fictionnel, c'est une ville sans intérêt. Une sorte d'encéphalogramme plat de la narration. Par un long travail qui s'apparente à celui de la pêche en haute mer, j'ai bien tenté de la ramener à moi. De me la réapproprier. Sans jamais y parvenir.

En reconnaissant mes limites, j'espérais pouvoir faire changer les paramètres de la commande – *OK,* lui ai-je dit, *si j'étais Thomas Bernard* (ce que secrètement j'ai toujours rêvé être) *je ne parlerais que de l'Autriche. Et si j'avais pu être Philip Roth, tous mes romans auraient Newark pour décor. Mais là, avec Bruxelles, ce n'est pas possible. Sur ce point, je me sens plus proche de Tabucchi, cet Italien dont les meilleurs romans se passent au Portugal.*

Elle rassemble ses cheveux au sommet de sa tête, là où d'habitude il pose ses doigts et elle reste immobile en attendant qu'il entame la Forme. Ce soir-là : les 143 Mouvements de Pékin. Il respire, déplace lentement le poids de son corps sur la jambe gauche et lève la pointe de son pied droit tout en faisant pivoter sa taille. Ses mains tiennent un objet absent. Un ballon ou quelque chose du genre. Lorsque ses bras se déploient, très lentement, leurs yeux se croisent. Il prononce alors le nom du mouvement à esquisser. Par exemple : *Séparer la crinière du cheval sauvage* ou *Serrer le vêtement avec indolence.* À partir de cet instant, leurs gestes s'enchaînent avec amplitude. Ils prennent appui sur la pointe du pied, ramènent leur talon gauche vers la droite et regardent vers le sud – qui dans la conception confucéenne du monde est la direction de la chaleur et de la chance.

Parfois, un curieux arrête son vélo pour les regarder. Ou le passager d'une voiture descend sa vitre et lance une exclamation amusée, du genre : « Bravo, les Chinois ! » ou encore : « Attention de ne pas vous envoler ! » ou encore : « Bravo ! C'est génial ! Il faut que ma copine voie ça ! » Cela dure une bonne dizaine de minutes. Et lorsqu'ils arrivent au terme des 143 mouvements, leurs têtes semblent flotter au-dessus de leurs épaules. Ils restent un moment immobiles, les genoux légèrement fléchis ; ensuite, Ann boutonne une courte robe en jeans noir par-dessus le pantalon de cycliste qu'elle porte dans ces cas-là. Elle retire la pince qui tient ses cheveux et pousse un soupir.

– Si seulement on n'était pas en septembre.

– Qu'est-ce que tu as contre le mois de septembre ?

– Je ne sais pas… Je n'aime pas ! Septembre, c'est le mois des inflammations urinaires.

Bien qu'ayant moi-même pratiqué le taï-chi et le sabre dans les parcs bruxellois, j'aurais bien de la peine à en relater l'expérience. S'il est communément admis d'associer la pratique de la Forme aux parcs cantonais, en imaginer une version bruxelloise ne tiendrait pas seulement de l'anachronisme, mais de l'imposture. Bruxelles est une ville qui n'offre aucune perspective de déploiement à l'énergie du *chi*. Copenhague, oui. C'est ce que j'ai essayé de démontrer aux pontes de l'hôtel. En mars 2016, leur ai-je dit, au lendemain des attentats, je me suis retrouvé en bordure du parc de la Woluwe avec mon maître pour une séance de iaido. Dans sa veste de lin noir, Masoto Sayu faisait tournoyer son sabre avec une totale élégance, sous le regard suspicieux de dames âgées promenant leur chien. La fluidité de chacun de ses mouvements tenait de la grâce pure et simple. En moins de cinq minutes, les sirènes ont entamé vers nous leur lente progression. Gyrophares allumés, des voitures de police ont fini par débouler, laissant dans les pelouses de profondes traces de pneu. Les flics nous ont entourés la main à la ceinture, sans pour autant oser interrompre mon maître japonais qui a multiplié les enchaînements juste pour mettre leur sang-froid à l'épreuve. Les jambes écartées, comme prêts à dégainer, les policiers (il y avait aussi deux policières) formaient autour de nous un cercle qui, malgré l'uniforme, avait quelque chose d'enfantin. À défaut d'oser prendre la parole, tous (les policières comme les policiers) inspiraient puis expiraient bruyamment comme si cette façon de respirer était le seul moyen qui leur restait de faire valoir leur autorité. Quant à moi, *ushi deshi* (disciple direct) j'assistais désolé à cette démonstration de force un peu pathétique. « Interrompre un maître dans sa pratique est une chose qui, au Danemark », leur assurai-je, « serait impensable. La grossièreté belge », ai-je martelé, « a décidément quelque chose de désolant. »

Il y est question d'une spécialiste du bourdon terrestre (Bombus terrestris) qui, chaque nuit, s'écroule sur son lit après avoir bu et dansé, le plus souvent avec les réfugiés somaliens à qui elle enseigne le danois. Les rudiments du danois. Et qui, le matin, se retrouve dans la position exacte dans laquelle elle s'est endormie. Au millimètre près… Il s'agit donc d'une jeune femme qui se couche tard, mais qui en plus ne bouge pas dans son sommeil. Comme si le peu d'heures qu'elle consacrait à récupérer lui imposaient de dormir dans une totale immobilité. Judas, qui a partagé ce rythme durant des mois – le temps que dura la restauration du très bel *Adam au Jardin* de Cranach – l'a vue s'écrouler à deux heures du matin, la jambe gauche fléchie par-dessus le drap et l'index posé sur la tempe, pour la retrouver à l'aube sans que son doigt ait modifié la position d'un iota. La jambe toujours au-dessus des draps.

Ce matin-là, alors qu'il tente de découvrir ce qui, dans sa position, pourrait témoigner d'un mouvement nocturne, un bruit de pas se fait entendre dans l'escalier. Le jeune Babik entre dans la chambre, sa grammaire danoise sous le bras, sans témoigner trop de surprise de les y découvrir enlacés. Il dépose son vélo contre la commode avant de disparaître dans la cuisine pour se préparer du café.

Ça raconte l'histoire d'un spécialiste de la restauration d'œuvres d'art berlinoises qui, dans les années 1990, était arrêté, parfois plusieurs fois par jour, par des personnes (passants, taximen, serveuses de bar, employés des postes) pensant avoir à faire à Boris Becker. Ce n'est pas tant sa ressemblance avec le champion de tennis qui l'irritait, mais le fait que des sportifs puissent susciter un engouement que les artistes (et encore moins les restaurateurs d'art) n'ont aucun espoir de provoquer. Lorsqu'il leur répondait : « Je ne suis pas Boris Becker, je restaure des œuvres d'art. Je suis spécialiste de la peinture italienne, mais je m'intéresse aussi aux tableaux de Cranach ! », les gens se détournaient déçus, comme si l'art – qui plus est la restauration – était une activité un peu sordide comparée au tennis. Comme si la reconnaissance que certains prétendaient atteindre en sauvant des chefs-d'œuvre était usurpée en regard de celle, méritée, selon eux, par les sportifs de haut niveau.

Pour pouvoir répondre à la commande, j'ai pensé un instant faire de Judas un historien de l'art d'origine belge. Ce n'est pas idiot. La Belgique est un pays dont les habitants, fâchés depuis toujours avec la langue, entretiennent avec les images des liens étroits, au point d'en avoir fait un lexique de substitution. Je l'imaginai donc historien d'art. Sans doute flamand. Spécialiste de l'œuvre de Cranach, certes, mais attaché au fameux musée des Beaux-Arts d'Anvers. Moins un choix qu'une intuition, Anvers me semblant être la seule ville belge qui pourrait faire l'affaire. La seule ville belge un peu danoise. J'ai appelé les responsables de l'hôtel pour leur demander si le choix de Bruxelles ne pouvait pas s'étendre à la Belgique. Pour appuyer mon argumentation, j'ai évoqué les trente-six kilomètres qui séparent les deux villes, distance qui, en dehors des heures de pointe, peut être bouclée en moins d'une demi-heure. « Le simple fait qu'on parle à Anvers une langue que je ne comprends pas change la donne. Du tout au tout. Anvers m'est étrangère et son potentiel érotique, j'ai insisté sur ce point, est bien supérieur à celui de la capitale. »

C'est aussi l'histoire d'une promesse. Ou plutôt celle d'un marché conclu en mangeant des cerises et à laquelle Judas Roöth a donné le nom du parc où il a été conclu : le pacte Valby. Dans le contexte du chemin de fer, on n'hésiterait pas à parler de déraillement. Un protocole qui peut sembler complexe, mais au terme duquel l'histoire ne sera plus pareille. Ils se sont couchés dans l'herbe après avoir esquissé le mouvement de l'Anguille au Fond de la Mer, talons levés, les deux mains vers le bas, face à des joueurs de backgammon qui n'ont pas levé la tête.

Ils sont sur le dos, côte à côte, et il s'amuse de la façon qu'elle a de se frotter l'entrejambe du dos de la main.

Elle s'indigne et le traite de semi-dingue.

Il prétend qu'elle est en chasse. À peu près 24 heures sur 24.

Elle trouve qu'il est obsédé.

Ils s'invectivent. Rient. Émettent des grognements bizarres.

Elle retire sans ménagement la main qu'il lui a posée sur les seins.

Et finalement, au terme d'un enchaînement qui peut s'apparenter à celui du chi, elle le met au défi. Celui, en gros, de se passer de ce sexe qu'elle est en train de se caresser. On pourrait croire qu'elle blague, mais pas du tout. Son visage s'est tendu, le front traversé de plis sévères. Elle produit un petit rire mauvais. Et contre toute attente, il ne s'insurge pas. Il se rétablit sur les coudes et le visage penché au-dessus d'elle, façon de sceller l'accord, il lui crache dans l'oreille un noyau de cerise. Pour une raison obscure dont lui-même n'est pas certain de saisir la nature, il accepte de ne plus entretenir la moindre attente à son égard. Un défi qui pourrait sembler servile si lui-même ne l'avait pas relevé, lui qui d'ailleurs ne parle pas de se soumettre, mais bien d'être suspendu à un hypothétique retour en elle. La suspension apportant à l'ensemble un caractère aérien qui dans son esprit peut être assimilé à de la haute voltige. Bien que l'exercice corresponde assez peu à son tempérament, Roöth l'envisage comme une véritable expérience ascétique. Impossible à imaginer ailleurs que dans cette ville

J'ai beau chercher, je ne vois qu'Anvers qui pourrait soutenir la comparaison. M'offrir ce terrain étrange et donc étranger sans lequel je n'arrive pas à planter un décor. C'est une histoire qui pourrait se passer à Anvers, une ville où on se reprend après s'être offert. À Bruxelles, je ne pense pas, mais à Anvers, oui. Avec, dans le cas d'Anvers, le bonus interlope de la cocaïne et des trafics en tous genres.

Pour le monde entier, cette année-là se confond avec les images de la chute de Kaboul et celles des troupes américaines quittant la ville en ordre dispersé. Une année partagée entre un hiver d'une rigueur peu commune à laquelle les responsables du zoo de Frederiksberg attribuent la mort d'un de leurs ours polaires et un été qui vit l'arrivée massive de Soudanais dans le centre d'alphabétisation d'Uterslev.

Je leur ai dit : « Anvers, elle aussi, a un zoo célèbre. Ce serait la ville idéale pour y faire mourir un ours polaire. »

Elle prétend avoir un clitoris sur la tête, allégation quasi impossible à mettre dans la bouche d'une Belge. Qu'une Danoise affirme avoir un clitoris au sommet du crâne semble une chose normale. Du moins plausible. Il y a chez les Nordiques un rapport au corps plutôt désinhibé. Un rapport très libre qui, dans l'imaginaire du reste du monde, touche souvent au licencieux. Sans parler de la tradition viking des casques à cornes que la Belgique aurait peine à revendiquer. Elle prétend avoir un clitoris sur la tête. Évidemment, ce n'est pas vrai. Ce sont seulement deux petites cicatrices presque parallèles. Deux cratères dans lesquels les doigts de Judas vont parfois se placer.

Dans un premier temps, les jours sont blancs et identiques. Il arpente la ville à la recherche de journaux allemands. Ensuite, il passe le pont de Langebro et va stationner pour les lire à un jet de pierre de là où elle enseigne. Il y en a toujours l'un ou l'autre, généralement des Somaliens, mais surtout des Soudanais débarqués depuis peu avec leur veste Nike et leur training de couleur. Des grands types en sandales de plastique qui battent le pavé pour se réchauffer. Vers 17 h 40, elle sort avec sur le dos un bomber en nylon rouge vif qu'elle a acheté, c'est du moins ce qu'elle prétend, pour ressembler à Lady Di. Avec, par-dessous, une sorte de mini-jupe à damier noir et blanc. Chaque fois, il est secoué par un frisson. Par principe, elle ne lui accorde aucune attention, du moins le temps de saluer ses élèves dont elle caresse parfois la nuque. Ensuite, elle traverse la rue en regardant les mouettes qui remontent vers Dragor en direction de la E20. Les mains sur le volant, Judas la suit des yeux. Mais au moment où elle va passer devant sa voiture, elle se retourne et pose son visage contre le pare-brise en y projetant un petit halo de vapeur au centre duquel elle dépose ses lèvres.

Début juin, non loin de là, elle l'a distrait en lui posant le pied sur le sexe. Il a freiné trop brusquement et la voiture qui le suivait l'a violemment percuté. Une autre fois, ils sont allés boire un café au bar de l'hôtel Copenhagen Admiral. Pendant qu'elle se vautrait sur les banquettes, il lui a mis les doigts au sommet du crâne et le responsable de l'établissement est venu leur demander de sortir. Et quand, après être passés chez un vendeur de nourriture japonaise, ils montent chez elle, elle défait le nœud qui retient le rideau de la pièce lui servant de chambre et commence à se déshabiller sans prononcer un mot. Mais quand elle relève les yeux sur lui, elle se ravise : « Merde oui, le pacte, j'avais oublié. Quelle crasse ! » Elle pousse un rugissement. Elle prétend que pour faire passer l'envie de baiser, il n'y a rien de tel que de songer au sort peu enviable des Afghans.

En dépit d'un climat sans doute plus rigoureux, le Danemark est notoirement plus érotique que la Belgique. En tout cas plus sexué. Sans qu'on ait besoin de les avoir vus, les films pornographiques danois font partie d'un phantasme collectif. Les qualifier de danois est aussi inutile que le serait pour une montre de se revendiquer helvétique. Ou pour des tulipes de rappeler qu'elles sont hollandaises. Les films de cul sont danois par nature, en tout cas ils l'ont été, alors qu'il s'agit d'une industrie dans laquelle la Belgique est totalement dépourvue de talent. La simple évocation d'un film pornographique belge aurait tendance à faire sourire. Tout ça pour dire (et je ne me suis pas gêné de le faire dans les échanges de mails avec les responsables de Steigenberger & Resorts) qu'il y a quelque chose de déniaisé chez Ann qu'il serait difficile de délocaliser.

Ils décident chaque soir du côté du lit où ils vont s'étendre. Et le reste de la nuit est ponctué par le cliquetis du convecteur à gaz. Le matin, le visage du jeune Babik reparaît dans l'encadrement de la porte. Il prétend n'avoir que quatorze ans, mais Judas pense que c'est un âge qu'il avance pour pouvoir profiter du soutien réservé aux mineurs non accompagnés. Babik dit qu'elle doit se lever, qu'elle doit lui apprendre le danois. Alors, elle pousse une longue plainte animale. Ces gestes semblent avoir à s'extraire de l'inertie de la nuit. Ça lui donne une sorte d'élégance un peu mécanique. Elle se tourne vers Judas comme pour dire: *Ah, c'est de ce côté-là que tu as passé la nuit?* Et, tout en lui caressant le torse de l'extrémité d'un seul doigt, elle descend de l'échafaudage qui lui sert de lit.

C'est un homme d'origine allemande obsédé depuis l'enfance par le déséquilibre entre les deux « o » de son patronyme. Un homme qui, bien qu'allemand, ne comprend pas comment l'un a été gratifié d'un tréma et l'autre pas. Et qui ressent physiquement ce déséquilibre qu'il compare d'ailleurs à une paire de testicules dont l'un pendrait plus bas que l'autre.

C'est l'histoire d'une jeune femme qui savait lire à trois ans. Ou, pour être plus précis, d'une jeune Danoise spécialiste du bourdon terrestre (Bombus terrestris) dont le père avait arbitrairement décidé qu'elle lirait à cet âge. Le but étant atteint, le jour de la mort de Che Guevara, il s'enfila sur la tête un sac plastique des magasins Flying Tiger et se suicida.

Que cette histoire n'ait rien de simple ne doit pas l'empêcher d'être légère. Sur ce point, les responsables de l'hôtel sont 100 % de mon avis. Avec le contexte bruxellois, la légèreté du récit est une de leurs priorités.

C'est donc un segment lent dans la vie d'une jeune chercheuse de l'université d'Aarhus qui arbore sur la gauche du ventre un petit cratère qu'elle prétend être lié à une opération de l'appendicite. Au départ, ça ne le dérange pas. Il la laisse dire. Mais un jour qu'elle lui reproche sa passion pour la musique country & western, il se permet de lui signaler que personne n'a jamais eu l'appendice à gauche.

Les gens qui les regardent enchaîner les mouvements de la Forme pensent qu'il s'agit d'un couple scrutant à l'autre extrémité de Vesterbrogade l'arrivée d'un bus. Judas la dévisage. Elle fait disparaître les plis qui barrent son front. Et puis, avec une parfaite coordination, ils entament le balancement de la grue. Ils lèvent la cuisse droite et étendent leurs bras pour en assurer l'équilibre (5 à 10 secondes). En un même mouvement, ils se penchent en avant et posent le pied droit au sol, exactement comme le feraient des échassiers. Un homme en maillot de corps qui, curieusement, fait assez belge, déplace une table de jardin devant sa porte et les contemple en buvant de la bière. Il appelle sa femme pour qu'elle vienne voir. Il fait calme et tiède. Ann rapproche lentement les mains. Elle le frôle en les redescendant le long de ses hanches et les ramène sur le côté. La Grue Blanche déploie ses ailes (l'essentiel du poids repose alors sur la jambe gauche) et après avoir reculé et repoussé le Singe, ils ramènent leurs talons l'un contre l'autre et lâchent une longue expiration. La Forme s'achève toujours de cette façon.

Ils restent concentrés encore un instant. Ils s'inclinent les mains sur les genoux et saluent. Ils saluent le Danemark en général et les pelouses du Valbyparken en particulier.

Le Pacte n'a eu aucun effet sur leur façon de s'embrasser. Chaque fois qu'ils se retrouvent, ils restent un moment les lèvres soudées. Sur ce plan comme sur les autres, celui du taï-chi ou du cinéma porno, l'image de Bruxelles ne s'accorde en rien avec celle du baiser. Bruxelles n'a jamais eu de Doisneau, ni de Baiser de l'hôtel de ville. Bruxelles est une ville sèche où on ne s'embrasse pas. Gand à la rigueur. Gand est une ville universitaire et progressiste. Il suffit de s'attabler au Vooruit pour s'en rendre compte. Mais pas Bruxelles, n'en déplaise au type de Steigenberger & Resorts qui s'est insurgé contre ce parti pris.

À Babik qui, naïvement, lui demande comment elle peut continuer à embrasser de cette façon un homme qui n'est plus son amant, Ann répond que c'est la manière dont les chats se cicatrisent. Elle ajoute en riant que la salive ne présente aucun signe de dépendance. Elle pense *réellement* que la partie supérieure de son corps (sa tête) n'entretient avec son sexe que des rapports lointains et circonstanciés. C'est pour cette raison qu'elle a un clitoris au sommet du crâne, comme si la moitié supérieure et la moitié inférieure revendiquaient une même autonomie. Comme si sa bouche et son sexe étaient régis par des désirs différés et qu'il leur arrivait de raconter des histoires contradictoires.

On a peine à imaginer qu'un homme dont l'expertise en matière de restauration est reconnue dans le monde entier puisse se mettre à pleurer du jour au lendemain. Judas est le premier à reconnaître l'incompatibilité qui existe entre ces deux activités. Il n'empêche…

La première fois qu'il est sujet au phénomène, il le met sur le compte d'un excès d'euphorie. Il est à genoux, maintenant cambré très haut le bassin de la jeune entomologiste et ses larmes en tombant viennent se mélanger à la sueur qui lui couvre le ventre. Mais le lendemain, le processus se reproduit dans l'atelier de restauration du SMK alors qu'il porte les dernières retouches à l'index gauche d'Adam. En l'espace de deux secondes, tout devient flou au point de l'obliger à déposer ses pinceaux. Ça vient de loin, presque de l'autre bout de sa vie. Comme s'il s'était retenu trop longtemps. Et le surlendemain, toujours sans la moindre raison, les larmes le submergent alors qu'il est dans sa voiture à hauteur du Planétarium. Bien sûr, il se souvient avoir pleuré jusqu'à l'âge de 13 ans. Il prétend même n'avoir pas fait grand-chose d'autre durant les treize premières années de sa vie. Ensuite, les larmes, et plus largement les effusions, ont commencé à lui être insupportables. Il s'est mis à détester les gens qui pleuraient. À l'enterrement de sa mère, il a empoigné et traîné hors du crématorium une amie de la famille qui n'arrêtait pas de renifler.

Chaque matin ou presque, Babik entre dans la chambre avec son vélo. Parfois, il a un chapeau de feutre comme les autres. Mais le plus souvent, non. Son sourire est la seule chose en lui qui rappelle son âge. Judas, qui s'est très vite habitué à ces intrusions, lui demande s'il ne trouve pas que ça sent le gaz. Sans répondre, Babik disparaît quelques minutes dans la cuisine et réapparaît avec trois tasses de café. Il regarde Ann s'habiller, comme si la sensualité de ces moments se diluait totalement dans le désir qui l'habite d'apprendre le danois.

À son frère Andréas (Andréas Roöth), Judas écrit : « C'est une entomologiste extrêmement compacte.

Presque minérale. Je ne sais pas comment te la décrire autrement. Disons qu'il n'y a plus la moindre place libre en elle. Elle apprend à lire et à écrire le danois à des demandeurs d'asile soudanais. Dans des livres de cuisine. Elle leur fait déchiffrer la recette de la tarte aux légumes et du flaeskesteg, et c'est en goûtant leurs préparations qu'elle juge leur niveau d'apprentissage. »

Ou, pour le dire autrement, il y est question d'une jeune femme étudiant le comportement des bourdons terrestres, qui entretient le temps que dure la restauration du tableau de Cranach pour laquelle il s'est installé à Copenhague, une relation amoureuse avec un envahisseur allemand. On peut même affirmer *que c'est le caractère temporaire* de sa présence à Copenhague qui a permis cette liaison. C'est un homme qu'elle aime précisément parce qu'il n'a aucune raison de rester dans cette ville et donc, dans sa vie. Lorsqu'elle s'informe de l'avancement de son travail de restauration, c'est aussi de l'état de leur relation qu'elle s'informe.

Pour Judas Roöth, la restauration consiste avant tout à regarder de près et longtemps. Il relève à ce propos un paradoxe qu'il n'hésite pas à qualifier de liminaire. Au terme de son travail, il aura passé devant ce tableau beaucoup plus de temps que Cranach lui-même. Trois ou quatre fois plus.

Mes derniers échanges avec les responsables de Steigenberger & Resorts ont été pour le moins tendus. Quand j'ai rappelé qu'il s'agissait de l'histoire d'une jeune entomologiste etc., là, ils n'ont pas bronché. C'est seulement après avoir émis l'hypothèse qu'en réalité, l'histoire ne faisait que commencer, que la situation s'est envenimée. La voix étranglée par l'agacement, le responsable du projet est soudain monté dans les tours. Prenant à témoin une de ses assistantes, il s'est insurgé contre mon obsession à dénigrer ma ville natale. Il tambourinait nerveusement sur le rebord de la table de réunion avec l'extrémité de ses doigts. Pour lui, les amalgames, les sous-entendus, cette pseudo-ascèse et surtout ces interminables séances de taï-chi ne correspondaient ni à l'esprit du groupe hôtelier et encore moins au projet éditorial pour lequel on m'avait contacté. Il produisait de curieux *ahahaha* dont il parsemait ses interventions. Espérer attirer des touristes à Bruxelles en leur parlant, *ahahaha*, de bourdons terrestres était selon lui illusoire. Illusoire et surtout présomptueux. *Ahahaha*, ça, il en était certain. En tant que responsable de la communication, il s'agissait de critères avec lesquels il était familier. Tout en m'assurant que je serais payé pour le travail déjà effectué, il a proposé qu'on en reste là. Il semblait soulagé. Du coup, il n'a plus produit la moindre onomatopée. Vraiment soulagé. Tout en me reconduisant vers les ascenseurs, il s'est voulu positif. Il s'est remis à lancer des *ahahaha, ahahaha vous, les artistes!* Avant que les portes de l'ascenseur ne se soient refermées, il n'a pu s'empêcher de me demander pourquoi, si j'aimais tant Copenhague, *ahahaha*, je ne m'y installais pas?

Il a été assez surpris de ma réponse. Je ne pense pas que dans le contexte de son travail on l'ait souvent traité de « crétin »: « Ce n'est pourtant pas difficile à comprendre. Vivre à Copenhague, la connaître, entretenir avec elle une familiarité incestueuse m'obligerait inévitablement à me tourner vers une ville comme Bruxelles dont j'ignorerais tout. »

Parmi les dix nouvelles proposées dans ce recueil, trois (*Blur*, *Bruxelles 2000* et *L'âge du fer*) ont eu une première vie sous des formes diverses. Toutes ont fait l'objet de remaniements pour permettre la cohérence et l'équilibre du recueil.

Table des matières